講談社文庫

すらすら読める奥の細道

立松和平

JN041500

講談社

まえがき——芭蕉のやむにやまれなさ

芭蕉（一六四四～九四）はなぜ旅にでたか。

そこには日本人が昔から紡いできた精神があるようだ。旅を棲家とし、旅に生きて死んだ究極のモデルは釈迦であり、芭蕉も日本の伝統でもある流浪の詩人として生きようとしたのだ。何物をも所有せず、たった一つの我が身さえも捨ててしまう捨身行脚《しゃしんあんぎゃ》の生き方は、かつて何人もの尊い聖《ひじり》たちがなしてきたことではあるにせよ、私たちには簡単にできるとは思えない。だからこそ遠い憧れとして、聖たちを慕う気持ちが強い。

芭蕉もそのようにして捨身行脚の旅にでたのである。しかし、芭蕉は無一物ではなかった。言葉があったのである。その言葉は、発語すればただちに消えてしまうような軽いものではなかった。目に見えたり、音に聞こえたりする現象が私たちの前にある風景なのであるが、芭蕉がとらえようとするのは、すべてが諸行無常という悲傷の中に刹那のうちに示現する実相《じつそう》というものである。道元ならば、それを諸法実相《しょほうじっそう》という。

「古池や蛙《かはず》飛《とび》こむ水のをと」

あまりにも有名な芭蕉の句は、どこにでもあるありきたりの情景を詠んだものだが、私たちの心の奥底に深く響いていつまでも消えないのはなぜか。それはありきたりな現象世界にほんの一瞬だけ現れた諸法実相をとらえたからだ。禅者道元ならば、これをさとりの瞬間というだろう。

蛙はもちろん、人にさとらせるために古池にとびこんだのではない。無心に、やむにやまれずにとびこんだのだ。その蛙も、水の音も、風景そのものであって、それ以外のものではない。

芭蕉は発心し、やむにやまれず「奥の細道」の旅にでる。蛙が古池にとびこむように、何をしたいためにというようなことではなく、風景に溶けていったのだ。

そうではあっても、芭蕉の紀行文はこうして私たちの前に残っている。蛙のとびこんだ水音が、いつまでも消えずに残っているようなものである。そのやむにやまれなさをいつでも感じることができるのだから、私たちは芭蕉に導かれて諸法実相の旅にでるのだ。

二〇〇三年十一月

立松和平

目次

すらすら読める奥の細道

奥の細道

一、原文には読者の読みやすさを考えて、現代かなづかいによるふりがなをつけた。
一、引用文の表記は出典に従った。また、現代かなづかいによるふりがなをつけた。

一　深川《ふかがわ》

月日《つきひ》は百代《はくたい》の過客《かかく》[1]にして、行《ゆ》きかふ《う》年《とし》も又旅人《またたびびと》なり。舟《ふね》の上《うえ》に生涯《しょうがい》をうかべ馬《うま》の口《くち》とらへ《え》て老《おい》をむかふ《う》る者《もの》は、日々《ひび》旅《たび》にして旅《たび》を栖《すみか》とす。古人《こじん》も多《おお》く旅《たび》に死《し》せるあり。予《よ》もいづ《ず》れの年《とし》より

真理の旅人

時の流れは永遠の旅人であり、行きては去る年もまた旅人である。舟の上に生涯を浮かべ、また馬のくつわをとらえて老いを迎える者は、毎日旅をしているのであり、旅を常住のすみかとしている。先人たちも風雅の道を歩き、旅の途中で死んだものも多い。私も、いつの頃からか、ちぎれ雲を運ぶ風に誘われて、漂泊の旅にでようという思いが吹きつのり、果て遠い海浜をさすらってきた。去年の秋、隅田川のほとりのあばら家に、蜘蛛の古巣を払って落ち

か、片雲《へんうん》の風《かぜ》にさそは《わ》れて漂泊《ひょうはく》の思ひ《おもい》やまず、海浜《かいひん》にさすらへ《え》、去年《こぞ》の秋江上《あきこうしょう》の破屋《はおく》に蜘《くも》の古巣《ふるす》をはらひ《い》て、やや年《とし》も暮《く》れ春立《はるた》てる霞《かすみ》の空《そら》に、白河《しらかわ》の関越《せきこ》えんとそぞろ神《がみ》のものにつきて心《こころ》をくるは《わ》せ、道祖神《どうそじん》のまねきにあひ《い》て取《と》るもの手《て》につかず、

着いたものの、やがて年も暮れ、春になって空に霞が立つと、白河の関を越えて陸奥《みちのく》に出かけたいものだと、得体の知れない神が取り憑《つ》いて心を狂わせ、道祖神も招いているように思えて取るものも手につかなくなり、旅ではく股引の破れを繕《つくろ》い、旅の笠の緒を新しくすげかえ、健脚になるようにと三里に灸をすえると、松島の月がまず心に浮かんで、住んでいる家は人に譲って杉風の別荘に移るに際し、

草の戸も住替る代ぞ雛の家　（世捨

股引《ももひき》の破《やぶ》れをつづり、笠《かさ》の緒《お》付《つ》けかへ《え》て、三里《さんり》[2]に灸《きゅう》するうるより、松島《まつしま》の月《つき》まづ《ず》心《こころ》にかかりて、住《す》める方《かた》は人《ひと》に譲《ゆず》り杉風《さんぷう》[3]が別墅《べっしょ》に移《うつ》るに、
草《くさ》の戸《と》も住替《すみかわ》る代《よ》ぞ雛《ひな》の家《いえ》
面八句《おもてはちく》を庵《いおり》の柱《はしら》に懸《か》け置《お》く。

て人が住んでいた草の庵も、主人の住みかわる時がきた。ちょうど弥生の節句で、世俗の人がやってきて、娘や孫に雛飾りをすることであろう。家を捨てた私は、これから捨身行脚《しゃしんあんぎゃ》の旅にでる）
これを発句《ほっく》として連ねた表八句を、記念として庵の柱に懸けて置く。

1 「夫レ天地ハ万物ノ逆旅ナリ、光陰ハ百代ノ過客ナリ」李白（古文真宝後集・春夜宴桃李園序）
2 膝頭の下の外側の少し凹んだ所
3 杉山氏　江戸日本橋の魚問屋の当主

過ぎ去っていく時間も、また旅人である。立ち止まることのない、永遠の旅人なのである。

空にぽっかりと浮かぶ雲のように、あの山の向こうにいってみたい。昔から人はそう思って暮らしてきた。しかし、多くの人は土地に暮らしをしばられてきたのである。畑に種を蒔《ま》けば、育っていく作物にしばられてきた。家族も家もあって、それらを捨ててまで旅に出かけることはできなかった。

それを悲しく思うのは、旅を空間の移動とばかり考えるからである。目の前を通り過ぎては消えていく時間の中を旅するというふうに考えると、時の流れの中にはいって流されていく自分の姿が浮かんでくる。人は空間の中を移動することは簡単だが、時の流れの中でいつも同じ場所に立っていることは不可能だ。時はごうごうと音を立てて流れ去っていき、再び戻ることはない。

釈迦《しやか》の根本認識は諸行無常《しよぎようむじよう》ということである。釈迦の認識を仏教というのだが、今のこの時は因（原因）があり、縁（条件）が作用することによって、果（結果）として生起《せいき》しているのである。だから今がどんなに幸福であるとしても、それは過去の因がよかったからこうしてよい果が得られているということなのだ。縁というものは、どんどん変わっていく。だから今ここに現れている現象としての果は、同様にどんどん変幻していくということなのだ。

よいことはいつまでもつづかないと同様に、悪いことも変わっていく。この世はそのようにできていると、釈迦は認識した。誰にも反論することのできない認識を、真理というのである。

生きとし生けるものは時の旅人だという認識は、真理である。真理の中をいく旅人であり、真理の中から脱けだすことのない旅人なのである。いっても、いっても真理ばかりということになる。

二　千住《せんじゅ》

弥生《やよい》も末《すえ》の七日《なぬか》[1]、あけぼのの空《そら》朧々《ろうろう》として、月《つき》は有明《ありあけ》にて光を《ひかりお》さまれるものから、富士《ふじ》の峰幽《みねかす》かに見《み》えて、上野《うえの》・谷中《やなか》の花《はな》の梢又《こずえまた》いつかはと心《こころ》ぼそし。むつまじきかぎりは宵《よい》よりつどひ《い》

旅の人生

弥生三月もおしつまった二十七日、明け方の空はろうろうと霞み、月は有明となって光は細く薄くなり、富士山の峰もかすかに眺められ、上野や谷中の桜の梢もまたいつか見ることができるものだろうかと、心細い思いがする。仲のよい人たちは皆昨夜から集まってきていて、出発の時には同じ舟に乗って送ってくれた。千住というところで船から降りると、前途に三千里の道があるのだという思いに胸はいっぱいになり、夢か幻のようにはかない現

て、舟《ふね》に乗《の》りて送《おく》る。千住《せんじゅ》といふ《う》所《ところ》にて船《ふね》をあがれば、前途《ぜんと》三千里《り》のおもひ《い》胸《むね》にふさがりて、幻《まぼろし》のちまたに離別《りべつ》の泪《なみだ》をそそぐ。
行《ゆ》く春《はる》や鳥啼《とりな》き魚《うお》の目《め》は泪《なみだ》
これを矢立《やたて》[2]の初《はじ》めとして行《ゆ》く道《みち》なほ《お》進《すす》まず。人々《ひとびと》は途中《とちゅう》に立《た》ち

世のかりそめの別れと知りつつも、別離の涙をそそぐ。
行く春や鳥啼き魚の目は泪（もう春もゆかんとしている時、空中をあてもなくさすらう鳥の声は悲しそうで、水中の魚の目さえ涙にうるんでいる。過ぎゆく春の哀愁の中で、私は行方も定まらぬ旅に出発しようとしているのだ）
これを矢立てから筆をとって最初に書き、旅の記録とはしたものの、

ならびて、後《うしろ》かげの見《み》ゆるまではと見送《みおく》るなるべし。

行くべき道はいっこうにはかどらない。人々は道の中に立ち並んで、後姿の見えるまではと、見送ってくれるのであろう。

1 陽暦の五月十六日
2 携帯用の筆記用具

人生は旅である。
私はあの世から、母の胎内《たいない》を通って、この世にやってきた。私が旅人であるという証拠は、この世に生まれでる時に旅の衣を着ていたことである。世間では胞衣《えな》というのだが、それはぐっしょりと濡れそぼっていた。大きな海を渡ってきたからだ。その時に乗ってきた船は、後産《あとざん》ででる胎盤である。これだけの証拠があるのだから、私は海の旅人だとはっきり宣言しよう。この世の時を旅している。一刻も休まない旅人なのである。

人生の大切な時には、旅の象徴が見える。元服して成人になったなら、可愛い子には旅をさせろという。嫁にくる時には、あの家からこの家に旅をしてくるのだ。花嫁の姿は、旅装束で身を固めている。角隠《つのかくし》は、陽が当たって顔が黒くならないようにするための、旅の頭巾《ずきん》なのだ。花嫁は乗り掛け馬に乗ってやってくる。馬の背に横座りしてくるのだ。その時の姿は、手甲《てこう》に脚絆《きやはん》、草鞋《わらじ》ばきで、旅をしているそのままの姿を残している。

私はこうして時の流れの中を旅していく。旅ならば、はじめがあって終わりがある。人生の旅の終わりは、もちろん死だ。死装束も、手甲に脚絆に草鞋をはく。額にのせる三角巾は、旅の笠の象徴であろうか。それらはすべて棺の中にいれてやる。経帷子《きようかたびら》を着て、首からは頭陀袋《ずだぶくろ》をさげる。頭陀袋の中にはあの世にいった時に蒔《ま》くための、五穀がはいっている。また三途《さんず》の川の渡し賃である六道銭をいれる。六道銭はさしずめ旅費ということになる。川を渡っていく向こう側の世界は、あの世である。大きな空間の地形の中を、私たちは生涯かかって歩いてきたことになる。誰もが同じ空間の中を、たゆむことなく歩きつづけてきたのだ。

旅の人生である。

三　草加《そうか》

ことし元禄二年《げんろくふたとせ》にや、奥羽《おうう》長途《ちょうど》の行脚《あんぎゃ》ただかりそめに思《おも》ひ《い》たちて、呉天《ごてん》に白髪《はくはつ》の恨《うらみ》を重《かさ》ぬ[1]といへ《え》ども、耳《みみ》にふれていまだ目《め》に見《み》ぬ境《さかい》、もし生《い》きて帰《かえ》らばと定《さだ》めなき頼《たのみ》の末《すえ》をかけ、その日《ひ》

天命
今年、元禄二年であったろうか、奥羽への長旅の行脚をただなんとなく思い立って、長安を隔《へだ》たる遠い呉への旅にも似て辛苦のため白髪になるほどの悔根《かいこん》を重ねようとも、耳に聞いているばかりでまだ見たこともない境まででかけ、もし生きて帰れたらこのような喜びはないと、あてもない望みを将来に託しつつ、その日やっと草加という宿にたどり着いたのであった。痩《や》せた肩にかかっている荷物に、まず苦しんだ。ただ身ひとつと思って出発したのだが、紙

漸《ようよう》草加《そうか》といふ宿《しゅく》にたどり着《つ》きにけり。痩骨《そうこつ》の肩《かた》にかかれる物《もの》、まづ苦《くる》しむ。ただ身《み》すがらにと出立《いでた》ち侍《はべ》るを、紙子《かみこ》[2]一衣《いちえ》は夜《よる》の防《ふせ》ぎ、浴衣《ゆかた》・雨具《あまぐ》・墨筆《すみふで》のたぐひ《い》、あるはさりがたき餞《はなむけ》などしたるは、さすがにうち捨《す》てがたくて、路次《ろし》の煩《わずらい》となれ

子一枚は夜の寒さを防ぐために、浴衣や雨具や筆のたぐい、あるいはどうしても辞退しがたい餞別《せんべつ》などをしてくれるのは、さすがにうち捨てがたくて、道中の煩いとなるのは仕方がないことである。

1　「笠ハ重シ呉天ノ雪」（禅林句集）、「いつを呉山にあらねども笠の雪の重さよ、老の白髪となりやせん」（謡曲・竹雪）。辺境の旅の苦労をいう。
2　紙製の衣服

るこそわりなけれ。


草加は日光街道第二の宿駅である。松並木が今も残っていて、そこに芭蕉翁の銅像が建てられている。翁と呼ぶのがいかにもふさわしく、芭蕉は墨染めの僧衣を着て老人の風体《ふうてい》で、痩軀《そうく》である。

芭蕉はその時何歳であったのだろうか。元禄二（一六八九）年三月二十七日、曽良《そら》を同伴して「奥の細道」の旅に発足《ほっそく》し、草加に至ったのはその日のうちである。年齢は四十六歳で、今日から考えればいかにも若い。老人とはとてもいえないのである。

しかし、人生五十年の時代ならば、すでに晩年といえる。明治のはじめの頃の日本人の平均的な寿命は三十七歳程度だったともいわれているから、四十六歳が老人だというのは間違いではない。

実際、芭蕉は五年後の元禄七（一六九四）年十月十一日、五十一歳にて大阪で没している。そうであるからして、芭蕉が「奥の細道」の旅にでたのは、まさに晩年の自覚にもとづいてのことといってよい。常識として余命があと五年ほどならば、まだ身体が動くうちに最後の旅をし、表現者として完成をめざしたい。そう思って出立したのであろうから、「奥の細道」はまさに身心《しんじん》が耐えられる最後の旅といってよいものであった。

「痩骨の肩にかかれる物、まづ苦しむ」

このように書かれているとおり、普段なら人の善意として受けとっておけばよい紙子、浴衣、雨具、墨筆、餞別など、世間の人々の思いを背負ったものは、ただ邪魔《じやま》であったろう。餞別をくれる人は、相手を思ってということよりも、自分自身への愛着のためにくれるのである。

「さすがにうち捨てがたくて」と芭蕉は書いているのだが、実際は人にやったかどうかして、うち捨ててしまったのに違いない。人々の執着まで背負っては、この先難儀《なんぎ》が予想される旅はつづけられない。

執着の物など背負わせず、捨身行脚の旅にだしてやればよいのにと、世間の人に対して私などは思うのである。

四　室《むろ》の八島《やしま》

室《むろ》の八島《やしま》に詣《けい》す。同行《どうぎよう》[1]曽良《そら》が曰《いわ》く、「この神《かみ》は木《こ》の花《はな》さくや姫《びめ》の神《かみ》と申《もう》して富士《ふじ》一躰《いつたい》なり。無《う》戸室《つむろ》に入《い》りて焼《や》き給《たまう》ふ誓《ちかい》のみ中《なか》に火々出見《ほほでみ》の尊《みこと》生《うま》れ給《たまい》ひしより、室《むろ》の八島《やしま》[2]と申《もう》す。又《また》、煙《けむり》を

一滴の思い

室の八島に参詣する。同行の曽良がいうには、「この祭神は木花咲耶《このはなさくや》姫《ひめ》と申し上げて、富士の浅間《せんげん》神社の神と同じである。戸のない室にはいり火を放って身を焼き、潔白の誓いの火の中で、火々出見尊《ほほでみのみこと》をお産みになったので、室の八島という。煙を詠みならわしてきたのも、このいわれによる」。また、このしろという魚を食べるのは禁じてある。その縁起談で、世に伝わっている話もある。

詠《よ》み習《ならわ》し侍《はべ》るも、この謂《いわれ》なり」。はた、このしろといふ魚《うお》を禁《きん》ず、縁起《えんぎ》の旨《むね》、世《よ》に伝《つたう》ふ事《こと》も侍《はべ》りし。

1 同じ道の修行者
2 八島は大釜のこと

芭蕉のみちのくへの旅は、歌に歌われた名所旧跡を訪ね、歌枕紀行をしようというものである。名高い室の八島は、「煙立つ」の歌枕の地なのだ。

栃木市惣社町《そうじゃまち》の大神《おおみわ》神社の幾つかの祭神のうちの一柱木花咲耶姫は、富士山本宮浅間神社の祭神であり、富士山の神であるということだ。夫の瓊瓊杵尊《ににぎのみこと》が交った木花咲耶姫が一夜で懐妊して出産となったことで貞操《ていそう》を疑ったことに怒った姫は、戸のない室にはいって火を放ち、炎に包まれたまま火々出見尊を出産したとされている。

この激しい物語が伝わっている室の八島なのであるが、実際にいってみると、ごくありきたりの神社が畑の中にぽつんと建っているにすぎない。みちのくの旅で訪れた最初の歌枕の地であるから、芭蕉は気合いをいれていったに違いない。しかし、そこには木花咲耶姫をしのぶよすがは、なんにも残されてはいなかった。もとより歌枕は、歌という物語の中にしか存在しないのである。

ここで私は、道元の「正法眼蔵《しょうぼうげんぞう》」の中の言葉を思い出す。私の現代語訳である。

「人がさとりを得るということは、水に月が宿るようなものです。月は濡《ぬ》れず、水は破れません。月は広く大きな光なのですが、小さな水にも宿り、月の全体も宇宙全体も、草の露にも宿り、一滴の水にも宿るのです」

道元はさとりについて論じているのだが、人間の精神のはたらきの大きさについても同じことがいえる。月の全体や宇宙全体を、草の露や一滴の水がすべて呑み込んでしまうのである。露の一滴とは、私たち一個の小さな小さな人間のことだ。それほどまでに一滴たる人の精神は大きいのである。しかも、その一滴とはどこにでも存在しているのだ。

詩の精神というのは、全宇宙をも含んでしまうのである。だがその精神の形というのは、目に見えるものではない。

五　仏五左衛門《ほとけござえもん》

三十日《みそか》、日光山《にっこうさん》の麓《ふもと》に泊《とま》る。あるじの言《い》ひけるやう《よ》、「我《わ》が名《な》を仏五左衛門《ほとけござえもん》と言《い》ふ《う》。万正直《よろずしようじき》を旨《むね》とするゆゑ《え》に人《ひと》かくは申《もう》し侍《はべ》るまま、一夜《いちや》の草《くさ》の枕《まくら》もうちとけて休《やす》み給《たま》へ《え》」と言《い》ふ《う》。いか

善に誇る

三十日、日光山の麓《ふもと》に泊まる。宿の主人のいうことには、「私の名は仏五左衛門と申します。万事において正直を旨としておりますゆえに、人はそのように申すのでございます。旅の一夜をどうか心安らかにお休みください」という。いかなる仏が濁った塵にけがれた現世に示現して、このような僧の姿をした乞食巡礼を助けてくれるのかと、主人のなすことに心をとどめて見ていると、ただ無智無分別で、正直一途というだけの者である。「論語」にいうと

なる仏《ほとけ》の濁世塵土《じょくせじんど》に示現《じげん》[1]して、かかる桑門《そうもん》の乞食順礼《こつじきじゅんれい》ごときの人《ひと》をたすけ給《たまう》ふにやと、あるじのなす事《こと》に心《こころ》をとどめてみるに、ただ無智無分別《むちむふんべつ》にして正直《しょうじき》偏固《へんこ》の者《もの》なり。剛毅木訥《ごうきぼくとつ》[2]の仁《じん》に近《ちか》きたぐひ《い》、気《き》稟《ひん》の清質《せいしつ》、もつとも尊《とうと》ぶべし。

おり、剛毅木訥は仁に近しといったたぐいで、天から受けた清らかな資質はもっとも尊ぶべきことである。

1 仏が人間救済のため形を変えて現れること
2 「剛毅木訥仁ニ近シ」（論語・子路篇第十三）

このようにいう芭蕉は、仏五左衛門を尊んでいるのか馬鹿にしているのか、よくわからない書き方をしている。「論語」には「剛毅木訥仁に近し」とあり、意志が強くて飾りけがなくて口数の少ない人物を、道徳の理想とする仁に近いと賞讃している。

そこまではよいのだが、自分のことを仏五左衛門と名のるにいたっては、木訥といえるのだろうか。この人物は、こういわれることを誇っているのである。自分は自他ともに認められたいい人だから、どうぞ心安くしてくださいというにいたっては、驕《おご》りということまで感じてしまう。

「わがこころのよくてころさぬにはあらず」

「歎異抄《たんにしょう》」の親鸞の言葉である。まことに含蓄の深い言葉であるが、前後の言葉を加えれば意味はもっと深くなる。

「なにごとも、こころにまかせたることならば、往生《おうじょう》のために千人ころせといはんに、すなはちころすべし。しかれども一人にてもかなひぬべき業縁《ごうえん》なきによりて害せざるなり。わがこころのよくてころさぬにはあらず。また害せじておもふとも、百人千人をころすこともあるべし……」

心がよくて殺さないのではなく、条件さえそろえば、百人でも千人でも殺すであろう。自分で誇り、自分を仏五左衛門などと呼ぶのは、そもそも思慮分別が足りないのである。

六　日光《にっこう》

卯《う》月朔日《づきついたち》、[1] 御山《おやま》に詣拝《けいはい》す。往昔《そのかみ》、この御山《おやま》を「二荒山《ふたらさん》」と書《か》きしを、空海大師《くうかいだいし》開基《かいき》の時《とき》、「日光《にっこう》」と改《あらた》め給《たまう》ふ。千歳未来《せんざいみらい》を悟《さと》り給《たまう》ふにや、今《いま》この御光一《みひかりいっ》天《てん》にかかやきて、恩沢八荒《おんだくはちこう》にあ

心魂たもちがたい
卯月朔日《うづきついたち》（四月一日）、お山に参詣する。その昔、このお山を「二荒山」といったのだが、空海大師が寺院の開基をした時、「日光《にっこう》」と改められた。千歳の未来をさとってそうされたのだろうか。今この御威光は天に輝いて、恵みの波はすみずみにあふれ、四民が安心して暮らす国土は穏やかである。なお憚りが多いので、筆をさし控えて置く。

あらたふと青葉若葉の日の光（なんと貴いことであろう。木の葉に

ふれ、四民安堵《しみんあんど》の栖穏《すみかおだ》やかなり。なほ《お》憚《はばか》り多《おお》くて筆《ふで》をさし置《お》きぬ。
あらたふ《とう》と青葉《あおば》若葉《わかば》の日《ひ》の光《ひかり》
黒髪山《くろかみやま》は霞《かすみ》かかりて、雪《ゆき》いまだ白《しろ》し。
剃捨《そりす》てて黒髪山《くろかみやま》に衣更《ころもがえ》
曽良《そら》

も青葉や若葉などの変化があり、日の光に濃淡をつくり、なんと美しいことであろうか。ここには東照宮の神域にふさわしい、清新なる空気が流れていることよ）
黒髪山《くろかみやま》（男体山）には霞がかかって、雪がまだ白い。
剃捨《そりす》てて黒髪山に衣更　曽良（黒髪を剃り捨てて乞食行脚《こつじきあんぎゃ》の旅にでてきた私ではあるが、黒髪を思い起こさせる黒髪山で、冬衣から夏衣への衣更の日を迎えたことに

曽良《そら》は河合氏《かわいし》にして、惣五郎《そうごろう》といへ《え》り。芭蕉《ばしよう》の下葉《したば》に軒《のき》を並《なら》べて、予《よ》が薪水《しんすい》の労《ろう》を助《たす》く。このたび松島《まつしま》・象潟《きさがた》の眺《なが》めともにせん事《こと》を悦《よろこ》び、且《か》つは羈旅《きりよ》の難《なん》をいたはら《わ》んと、旅立《たびだ》つ暁髪《あかつきかみ》を剃《そ》りて墨染《すみぞめ》にさまをかへ《え》、惣五《そうご》を改《あらた》めて宗悟《そうご》とす。よつて黒髪《くろかみ》

は、どんな因果が隠されていることであろうか）
曽良は河合氏で、惣五郎といった。芭蕉の木の下葉のかげに家の軒をならべ、私の生活の苦労を助けてくれた。このたび松島や象潟の風景をともに眺めることを喜び、また旅の難儀を慰めようというわけで、旅立ちの時に髪を剃り、墨染め僧衣にかえ、惣五を改めて宗悟とした。そのことによって黒髪山の句が詠まれたのである。衣更の二字が力がこもって聞こえた。

山《やま》の句《く》あり。「衣更《ころもがえ》」の二字《じ》、力《ちから》ありてきこゆ。
二十余丁山《よちようやま》を登《のぼ》つて滝《たき》あり。岩洞《がんとう》の頂《いただき》より飛流《ひりゅう》して百尺《はくせき》[2]、千岩《せんがん》の碧潭《へきたん》に落《お》ちたり。岩窟《がんくつ》に身《み》をひそめ入《い》りて滝《たき》の裏《うら》より見《み》れば、裏見《うらみ》の滝《たき》と申《もう》し伝《つたえ》へ侍《はべ》るなり。

二十余町山を登っていくと、滝がある。岩洞《がんとう》の頂より飛んで流れて百尺、数えきれないほどの岩が重なるまっさおな深い淵に落ちる。岩窟に身を屈めてはいり、滝の裏側から見ることができるので、裏見の滝と申し伝えている。

暫時《しばらく》は滝に籠《こも》るや夏の初め（寺では僧たちの夏行《げぎょう》もはじまるころであるから、私も滝の行をする気持ちで修行をつづけることにしよう）

暫時《しばらく》は滝《たき》に籠《こも》るや夏《げ》の初《はじ》め

1 陽暦五月十九日。衣替えでこの日から夏
2 「飛流直下三千尺」李白（聯珠詩格・望廬山瀑布）

黒髪山とは男体山のことである。二荒《ふたら》山ともいう。「ふたら」とは観音浄土の「補陀落《ふだらく》」からきたのだとされている。男体山や中禅寺湖の清浄な奥日光一帯は、観世音菩薩の住まいする浄土だとされたのだ。二荒を音読みにすると「にこう」で、そこから日光という地名が生まれてきた。

空海大師開基と書かれているのは、芭蕉の誤りである。日光を修験の道場としたのは、勝道《しょうどう》である。下野国《しもつけのくに》の芳賀高田の人で、自ら発心して出流山や大剣山で山岳修行を積んだ。奈良時代には、自らの思いによって山中に籠り、諸国行脚する私度僧《しどそう》たちがたくさんいた。天平宝字五（七六一）年に下野薬師寺が建立されると、その戒壇で剃髪受戒した。この受戒により、国家に承認された正式の僧となったのである。

勝道の誓願は、日光を神仏顕現の地として開くことであった。人跡未踏の日光は、た

だただ鬱蒼《うっそう》たる森林であり、一歩ごとに山刀を振って蔦《つた》を切り進むような状態であったろう。二荒山の麓にさえ着かないうちに、大谷川の激流に行く手をはばまれる。その時には大蛇が自らの身体を渡して橋を架けてくれたという。深沙大王の神助《しんじょ》である。

天平神護二(七六六)年、対岸に四本龍寺を創建した。今は壮麗な東照宮や二荒山神社や輪王寺の大伽藍《だいがらん》の片隅にひっそりと建っている四本龍寺こそが、日光が山岳崇拝の聖地となるための第一歩であった。

翌年の春、勝道は弟子たちとともに二荒山登頂を試みるが、森はあまりに深く、雪にはばまれて果たせない。何度か試みては挫折をくり返した後、練行《れんぎょう》を重ね、山頂に立ったのは天応二(七八二)年のことである。大谷川を渡ってから十六年たっている。「ひとたびは喜び、ひとたびは悲しみ、心魂たもちがたい」と勝道は後に山頂での法悦を書きしるしている。こうして日光は修験道の霊場としてひらかれていったのだ。

七　那須野《なすの》

那須《なす》の黒羽《くろばね》といふ所《ところ》に知人《しるひと》あれば、これより野越《のごえ》にかかりて直《すぐ》道《みち》を行《ゆ》かんとす。遥《はる》かに一村《いっそん》を見《み》かけて行《ゆ》くに、雨降《あめふ》り日暮《ひく》る る。農夫《のうふ》の家《いえ》に一夜《いちや》を借《か》りて、明《あ》くれば又野中《またのなか》を行《ゆ》く。そこに

救いの童子
那須の黒羽という所に知人がいるので、これから那須野越えをするため、まっすぐな道をいこうとする。遥か遠くに村を見かけて歩いていくと、雨が降り日が暮れる。農家に一夜の宿を借りて、夜が明けたのでまた野の中をいく。そこに野飼いの馬がいた。草を刈る男に懇願すると、田舎の人ではあってもさすがに情を知らないわけではない。「どうしたらよいでしょう。といってもこの野の道は縦横に走っていて、慣れない旅人が道を踏み違えるのも心配だか

野《の》飼《がい》の馬《うま》あり。草刈《くさか》る男《おのこ》に嘆《なげ》きよれば、野夫《やふ》といへ《え》どもさすがに情《なさけ》しらぬにはあらず、「いかがすべきや、されども、この野《の》は縦横《じゅうおう》にわかれて、うひうひ《い》し《い》き旅人《たびびと》の道《みち》ふみたがへ《え》ん、あやしう侍《はべ》れば、この馬《うま》のとどまる所《ところ》にて馬《うま》を返《かえ》し給《たま》へ《え》」と貸《か》し侍《はべ》

ら、この馬に乗っていって、止まったところで馬を返してください」こういって、馬を貸してくれた。小さな子供が二人、馬のあとをついて走ってきた。一人は小さな娘で、名を問うと「かさね」という。聞き慣れない名前が優雅なので、

かさねとは八重撫子の名なるべし
曽良（かわいらしい娘を撫子にたとえるものだが、この娘の名を「かさね」というとは、八重撫子ということであろう）

りぬ。小《ちい》さき者《もの》ふたり、馬《うま》の跡《あと》したひ《い》て走《はし》る。一人《ひとり》は小姫《こひめ》にて名《な》を「かさね」と言《い》ふ《う》。聞《き》きなれぬ名《な》のやさしかりければ、

かさねとは八重《やえ》撫子《なでしこ》の名《な》なるべし　曽良《そら》

やがて人里《ひとざと》に至《いた》れば、価《あたい》を鞍壺《くらつぼ》[1]に結《むす》び付《つ》けて馬《うま》を返《かえ》しぬ。

やがて人里に至ったので、代金を鞍壺に結びつけて馬を返してやったのであった。

1　鞍の前輪と後輪の間のくぼみで人が腰をおろす所

どうも芭蕉は迷ってしまったようである。北関東のはずれの那須にきて、奥州まではあと一歩である。決意を持って江戸を出発した芭蕉ではあるのだが、現実の奥州を目前にして、気持ちの中に臆するものがあったのかもしれない。これまで一本だった道が、急に乱れに乱れ、それはまるで芭蕉の心の中のようなのである。

「農夫の家に一夜を借りて」と芭蕉は書いているのだが、「曽良随行日記」によれば、「玉入泊。宿悪故、無理ニ名主ノ家入テ宿カル」とある。粗末な農家に泊まったかのような記述にもかかわらず、実際には名主の家に無理に泊めてもらったのである。「奥の細道」にはいたるところにフィクションがまぎれ込んでいるのだが、まるで受難のように書かれているのは、劇的に盛り上げようとする芭蕉の作意である。芭蕉は実際に道に迷ったのだろうが、同時に心理の劇も演じているのだ。

野中の道をいくと、草地で馬にやるための草を刈っている男がいた。その男に嘆き寄ると、なかなか情の細やかな男であった。このあたりの道は縦横に分かれて複雑で、はじめてきた旅人には容易ではないところだからと、馬を貸してくれたのである。素性《すじょう》のわからない通りすがりの旅人に、大きな財産ともいうべき馬を貸してくれるとは、なんという人間信頼であろうか。今日ならば、この自動車に乗っていけと、見ず知らずの旅人に貸してしまうようなものである。

芭蕉は馬に乗り、迷いの野を逃れていく。あとから男の子と女の子がついてくる。これは迷いの世界から脱出していく、救いのイメージである。子供たちは後ろからついてきたのだが、イメージの中では先導してくれている。芭蕉は救いの童子に導かれ、混沌《こんとん》とした迷いから脱出する。その童子の一人の名をかさねという。なんとやさしい名であろうか。

美しい情景である。

八　黒羽《くろばね》

黒羽《くろばね》の館代《かんだい》浄坊寺《じょうぼうじ》何某《なにがし》の方《かた》におとづる。思《おもい》ひがけぬあるじの悦《よろこ》び、日夜《にちや》語《かた》りつづけて、その弟《おとうと》桃翠《とうすい》などいふ《う》が朝夕《ちょうせき》勤《つと》めとぶらひ、自《みずか》らの家《いえ》にも伴《ともない》ひて、親属《しんぞく》の方《かた》にも招《まね》かれ日《ひ》をふるま

人の成熟

黒羽の城代浄坊寺なにがしの方を訪れる。思いもかけぬほどに主人が喜んでくれ、日夜語りつづけた。その弟の桃翠という人物が朝に夕にと気を遣ってくれ、自分の家にも連れていってくれ、親族の家などにも招かれた。何日も過ごすうちに、ある日郊外を逍遥して、騎馬で犬を追って射る犬追物の跡を見物し、那須の篠原を分け入り、玉藻の前の古塚を訪ねる。それから八幡宮に詣でた。那須の与一が源平の屋島の合戦で扇の的を射た時、「とりわけ我が国の

まに、一日《ひとひ》郊外《こうがい》に逍遥《しょうよう》して犬追《いぬおう》物《もの》の跡《あと》を一見《いっけん》し、那須《なす》の篠原《しのはら》を分《わ》けて玉藻《たまも》の前《まえ》の古墳《こふん》をとふ《う》。それより八幡宮《はちまんぐう》に詣《もう》づ。与《よ》市《いち》[1] 扇《おうぎ》の的《まと》を射《い》し時《とき》、「別《べっ》しては我《わ》が国《くにの》 氏神正八幡《うじがみしょうはちまん》」と誓《ちかい》ひしも、この神社《じんじゃ》にて侍《はべ》ると聞《き》けば、感《かん》応殊《のうこと》にしきりに覚《おぼ》えらる。暮《く》る

氏神正八幡」と誓願したのも、この神社であると気づくと、神仏との感応（心が一つになる）がしきりに感じられる。暮れたので、桃翠宅に帰る。

　修験光明寺という寺がある。そこに招かれ、行者堂を拝んだ。

　夏山に足駄を拝む首途かな（夏山の山並が遥か果てまでつづき、その奥が陸奥《みちのく》なのである。陸奥はもうすぐそばまできている。行者堂で役《えん》の行者の足駄を拝み、千山万里を踏み越えていく力にあやかり

れば桃翠宅《とうすいたく》に帰《かえ》る。修験光明寺《しゅげんこうみょうじ》といふ《う》あり。そこに招《まね》かれて行者堂《ぎょうじゃどう》[2]を拝《はい》す。
夏山《なつやま》に足駄《あしだ》を拝《おが》む首途《かどで》かな

たいと、出発にあたって祈願するのであった）

1 那須宗高『平家物語』巻第十一、『源平盛衰記』巻第四十二
2 修験道の祖、役行者の高下駄をはいた像を安置した堂

ようやく黒羽に着いた芭蕉であるが、そこで思いもかけない歓待を受ける。芭蕉とともに道の複雑な那須野を越えてきた読者も、ここで安堵《あんど》する。

黒羽藩主は幼君で江戸にあり、黒羽一国を治める城代家老の浄法寺高勝《じょうほうじたかかつ》は、五百石取りで、弱冠二十九歳である。桃雪という俳号を持っていた。江戸蕉門と交流のあった弟の桃翠、すなわち鹿子《かのこ》畑豊明《はたとよあき》は四百八十石取りで、当時二十七歳であった。四十六歳の

芭蕉を黒羽に迎えたのは、二十歳代の若者であったということだ。

家柄がものをいう封建時代とはいえ、二十歳代の若者が一国を治め、俳聖と讃えられる芭蕉と文人として交わる。もちろん自らも俳句をつくる。芭蕉をもてなしてそつがない。この能力は、現代の二十歳代の若者にはおよびもつかないことである。当時は二十歳過ぎればひとかどの人物になっている。

みな早く成熟していくその理由は、寿命がたった五十年しかなく、早死にが運命づけられているからである。一生懸命に生きなければ、たちまち死期を迎えてしまう。ひるがえって現代人の平均寿命は、たとえば八十歳とする。長寿の時代とは、生きる時間がまだあるということである。時間はまだあるまだあると思い、今なすべきことも後まわしにする。人はいつまでも成熟することができない。そして、ついに成熟することなく死を迎えてしまうのである。

長く生きるということも人生の一つの価値ではあろうが、それは相対的な価値にすぎない。人の一生の限られた時間のうちで、何をなしたかということが重要なのだ。そうであるなら、短命という運命の中で濃く煮詰まった時間の中を充実して生きるのも、よいではないか。現代から見ると、芭蕉の筆によって書きとめられた人物は、みな一生懸命に生きていると見える。

九　雲巌寺《うんがんじ》

当国雲巌寺《とうこくうんがんじ》の奥《おく》に仏頂《ぶつちよう》　和尚山《おしようさん》居《きよ》の跡《あと》あり。
「竪横《たてよこ》の五尺《しやく》にたらぬ草《くさ》の庵《いお》
むすぶもくやし雨《あめ》なかりせば
と松《まつ》の炭《すみ》して岩《いわ》に書付《かきつ》け侍《はべ》り」
と、いつぞや聞《きこ》え給《たま》ふ。その跡《あと》

木啄の気持ち
当下野国雲巌寺の奥に仏頂和尚の山ごもりの跡がある。

竪横の五尺にたらぬ草の庵……

（縦と横と五尺に足りない草の庵ではあるのだが、そんな小さな庵をつくらねばならないことさえ、自然そのままに存在したい自分には人間であることが残念なのだ。雨さえ降らなかったらよいのだが）

このようにたいまつの炭で岩に書きつけましたと、いつぞや仏頂和尚

見《み》んと雲巌寺《うんがんじ》に杖《つえ》を曳《ひ》けば、人々《ひとびと》進《すす》んでともにいざなひ、若《わか》き人《ひと》おほ《お》く道《みち》のほどうち騒《さわ》ぎて、おぼえずかの麓《ふもと》に到《いた》る。山《やま》は奥《おく》あるけしきにて、谷道遥《たにみちはる》かに松杉黒《まつすぎくろ》く苔《こけ》したたりて、卯月《うづき》の天今《てんいま》なほ《お》寒《さむ》し。十景尽《じっけいつ》くる所《ところ》、橋《はし》を渡《わた》つて山門《さんもん》に入《い》る。さ

にお聞きしたことがある。その跡を見ようと、雲巌寺に杖をひいていこうとすれば、人々は進んでともに誘いあい、若い人々が大勢やってきて道中大いに騒ぎ、いつの間にか麓に着いてしまった。山は奥深いようだ。谷の道は遥かにつづき、松も杉も黒ぐろと茂り、苔を伝って清水がしたたり、初夏の四月だというのにまだ寒い。雲巌寺十景が終わるところから、橋を渡って山門にはいる。

さて、かの草の庵の跡はどのあたりかと、うしろの山によじ登れば、石の上に小さな庵が、岩のほうに寄

て、かの跡《あと》はいづ《ず》くのほどにやと、後《うしろ》の山《やま》によぢ《じ》のぼれば、石《せき》上《しょう》の小庵岩窟《しょうあんがんくつ》にむすびかけたり。妙禅師《みょうぜんじ》の死関《しかん》[1]・法雲法師《ほううんほうし》の石室《せきしつ》を見《み》るがごとし。
木啄《きつつき》も庵《いお》はやぶらず夏木立《なつこだち》
と、とりあへ《え》ぬ一句《いっく》を柱《はしら》に残《のこ》し侍《はべ》りし。

せかけてつくってある。石窟に死関の書を掲げて十五年間門の外にでず、坐禅三昧にはいった妙禅の死関や、法雲法師の石室を見るようだ。

木啄も庵はやぶらず夏木立（寺を突ついて壊してしまうという木啄も、尊い聖《ひじり》が住んだ庵ばかりは破らない。この夏木立が幽明の澄んだ世界をつくっているかのようである）

即興に一句を柱に書いて残した。

1　中国南宋の臨済宗の高僧が「死関」という扁額をかかげて十五年間杭州天目山の張公洞にこもった

仏頂和尚は芭蕉の参禅の師である。その仏頂和尚が山ごもりをした跡を訪ねるのは、捨身行脚《しゃしんあんぎゃ》の旅をつづける芭蕉にとっては意味が深い。仏頂和尚も捨身をした人である。しかも、徹底した捨身をしようとしたようだ。

消し炭で仏頂和尚が岩に書きつけた文字とは、捨身への決意である。縦横が五尺にも足らない小さな庵であるが、そんな小庵をつくるのさえ身を守ろうとする心が見えるようで、残念なことだ。雨さえなかったら、庵なども必要ないのであるが。

家もいらない、何もいらないという、道を求める覚悟《かくご》を述べている。この身を捨ててしまうのなら、身を飾るものも、身を守るものも、何もいらないのである。しかしながら、裸で生きていないのは人間だけなのだ。鳥も獣も虫も魚も、一物も所有せず、裸で生きているではないか。雨が降ろうと、雪が降ろうと、その生き方が変わることもない。ところが人間は、ただ雨が降るというだけで、庵を結ばなければならないのである。人間とはなんと不便なことであることか。

そのように仏頂和尚が嘆いた庵ではあるが、寺のうしろの険阻《けんそ》な山をよじのぼれば、岩の上に小庵が岩のほうに寄せかけてつくってある。この頃では誰も住まないような、みすぼらしい草の庵である。そのあまりの粗末さに、芭蕉もさすがに内心で驚いたようである。だからこそ、「木啄も……」の句がでてきたのであろう。

木啄は庵のあまりの粗末さに破らないのではなく、貴き聖の修行の旧跡だから破らないのである。そうではあるのだが、「奥の細道」の本文からこの句を引き離すと、木啄さえも同情を寄せているととれないことはない。どうしてそうなるかといえば、木啄をかなり強引に持ってきたからだ。もともと裸で生きていて、雨が降れば木陰にひそむだけの見事な境地にいる木啄は、執著《しゅうちゃく》もない生き方をしている。雨が降るから庵を結ばねばならないと嘆く和尚とは、木啄はまったく別の位相に生きているはずだ。

十　殺生石《せつしようせき》・遊行柳《ゆぎようやなぎ》

これより殺生石《せつしようせき》に行《ゆ》く。館代《かんだい》より馬《うま》にて送《おく》らる。この口付《くちづき》の男《おのこ》、「短冊得《たんじやくえ》させよ」と乞《こ》ふ。やさしき事《こと》を望《のぞ》み侍《はべ》るものかなと、

野《の》を横《よこ》に馬牽《うまひ》きむけよほととぎす

馬の移動

これから殺生石にいく。城代が馬をだしてくれて送られた。この馬の口とりの男が短冊をくださいと乞う。風雅なことを望むものだと、

野を横に馬牽《ひ》きむけよほととぎす
（那須の広大な野をいく馬の首を、横に引き向けよ。そこにほととぎすが鋭い声で鳴いて）

殺生石は温泉の湧く山の陰にある。石の毒気は今でもなくならず、蜂、蝶のたぐい、砂の色が見えない

ぎす
殺生石《せっしょうせき》は温泉《いでゆ》の出《いず》る山陰《やまかげ》にあり。石《いし》の毒気《どくけ》[1]いまだほろびず、蜂《はち》・蝶《ちょう》のたぐひ真砂《まさご》の色《いろ》の見《み》えぬほどかさなり死《し》す。又《また》、清水《しみず》ながるるの柳《やなぎ》[2]は芦野《あしの》の里《さと》にありて田《た》の畔《くろ》に残《のこ》る。この所《ところ》の郡守《ぐんしゅ》戸部某《こほうなにがし》の「この柳《やなぎ》見《み》せばや

ほどに重なって死んでいる。
また、清水流るると西行法師が詠んだ柳は、芦野の里にあって、田の畔《くろ》に残っている。この地の領主の戸部某が、この柳を見せたいものだと折々におっしゃっていたので、どのあたりにあるのだろうと思ってきたが、今日この柳の陰に立ち寄ることができたのであった。

田一枚植ゑて立去る柳かな　（西行法師がこの柳の下にしばし立ち止まって感慨深い時を送った。自分もしばしと思って立ち寄ったのだ

な」と折々《おりおり》にのたまひ《い》聞《きこ》え給ふ《たまう》を、いづ《ず》くのほどにやと思ひ《おもい》しを、今日《きょう》この柳《やなぎ》のかげにこそ立《た》ちより侍《はべ》りつれ。

田《た》一枚《まい》植《う》ゑ《え》て立去《たちさ》る柳《やなぎ》かな

が、やはり感慨が湧いてきて立ち去りかねているうち、早乙女《さおとめ》たちが田を一枚植えてしまった。さあ、私も柳の下から立ち去ろう）

1 有毒ガス
2 「道のべに清水流るる柳陰しばしとてこそ立ちどまりつれ」西行

黒羽藩城代が出してくれた馬に乗っていく芭蕉は、まるで映画の移動シーンの中にいるようである。その馬の口をとる馬方が、記念のために短冊をもらいたいと申し出る。これは風雅なことだと芭蕉は感心して、一句を進呈する。

スケールの大きな句である。茫々《ぼうぼう》として果てのない那須の原野を、芭蕉は馬に乗り、曽良は徒歩で、馬方も馬の口綱を取って歩き、ゆっくりと進む。カメラは彼らとともに平行移動していく。その時、鋭い声でホトトギスが鳴く。口の中が赤いホトトギスは、昔から血を吐く思いで鳴くとされていた。ホトトギスが鳴くというのは、ただ事ではないのである。芭蕉は馬方に、馬の首を大きく横に引きめぐらせよといっている。

原野と、馬と、不思議な緊張関係で結ばれているようである。このシーンから、私は道元の「正法眼蔵《しょうぼうげんぞう》」のうちの「現成公案《げんじょうこうあん》」の巻の一節を思い浮かべる。

「人が舟に乗っていくに、目をめぐらして岸を見れば、岸が動いていくと見誤る。目を近く自分の乗っている舟につければ、舟が進むのがわかる。身心《しんじん》の正体を正しく知らず、万法を見分けようとすると、自己の正体は不変のものであると思い違いをする。自己の日常生活を深く反省し、この現在の絶対的なあり方に帰して見ると、万法が自分というものではない道理がはっきりとする」

舟と岸とは相対的な関係にあり、動いているのは岸のほうだと時折思ってしまう。自分を固定した絶対的なものだと誤って認識してしまうのである。それと同じように、万法、すなわち永遠不変の真理のほうが動いているのであって、自分こそまったく動かない真理なのだと思い違いをする。自分の中にすべての真理が流れていることは誤りではないのだが、自分が真理だと間違ってみなしてしまうのである。

馬に乗って殺生石にいく芭蕉が、そのようなことを考えたのかどうかはわからないのだが……。

十一　白河《しらかわ》

心《こころ》もとなき日《ひ》かず重《かさな》るままに、白河《しらかわ》の関《せき》にかかりて旅心《たびごころ》定《さだま》りぬ。「いかで都《みやこ》へ[1]」と便求《たよりもと》めしも断《ことわり》なり。中《なか》にもこの関《せき》は三関《さんかん》の一《いつ》にして、風騒《ふうそう》の人心《ひとこころ》をとどむ。秋風《あきかぜ》を耳《みみ》に残《のこ》し、紅葉《もみじ》を

旅心定まりぬ
心細く不安な日々を重ねるうちに、白河の関にかかって旅の中に生きる気持ちが定まった。かつて平《たいらの》兼盛《かねもり》が「いかで都へ」と便りをだしたかった気持ちも、人の道理としてわかる。中でもこの関は三関の一つであり、詩文に遊ぶところである。能因《のういん》の詠んだ秋風の歌を耳にとどめ、頼政《よりまさ》の詠じた紅葉《もみじ》の景色を面影にして、今目の前にある青葉の梢を見上げれば、なお感銘が深い。古歌に歌われた卯の花が真白く咲いているところに、さらに茨の花が白く咲

2
俤《おもかげ》にして、青葉《あおば》の梢《こずえ》なほ《お》あは《わ》れなり。卯《う》の花《はな》の白妙《しろたえ》に、茨《いばら》の花《はな》の咲《さ》きそひ《い》て、雪《ゆき》にも越《こ》ゆる心地《ここち》ぞする。古《こ》人《じん》冠《かんむり》を正《ただ》し衣《い》装《しょう》を改《あらた》めし事《こと》など、清輔《きよすけ》の筆《ふで》にもとどめ置《お》かれしとぞ。

卯《う》の花《はな》をかざしに関《せき》の晴着《はれぎ》かな　曽良《そら》

き加わり、雪を越えていくような心地がする。古人の竹田《たけだ》大《た》夫《ゆう》国行《くにゆき》が能因の名歌に敬意を表し、冠を正し衣裳を改めてこの白河の関を過ぎたことなど、藤原清輔の筆にも書きとどめて置かれたとか。
卯の花をかざしに関の晴着かな　曽良（かつて古人はこの関を、冠を正し衣裳を改めて通ったという。捨身《しゃしん》行脚《あんぎゃ》の旅をしている私は、真白く咲き乱れている卯の花を冠のように頭にさし、古人が詠じた名歌に敬意を表して通ってい

く)
1「便りあらばいかで都へ告げやらむけふ白河の関は越えぬと」平兼盛
2「都にはまだ青葉にて見しかども紅葉散りしく白河の関」源頼政

いよいよ芭蕉は「みちのく」と呼ばれる奥州にはいったのである。実際の景色は関東である那須のあたりと変わらないのだが、人間は気持ちの生きものなので、とうとう奥州にやってきたという感興が、芭蕉を感動させるのである。

「白河の関にかかりて旅心定まりぬ」と芭蕉は書いているのであるが、旅にひたりきるような気分というのは「奥の細道」のためのフィクションで、本当は白河の関の場所がわからず右往左往したようだ。関は何度か移動していて、しかもとうの昔に廃止になってしまったので、場所の特定は困難であった。当時は親切に案内標識などがあったわけではない。たとえその場所に立ったのだとしても、ここだという確証があったわけではないであろう。それでも一定の距離をいけば、白河の関を通りすぎて奥州にはいったということはわかる。ここでは色彩のイメージが連なっている。紅葉の赤、青葉の梢《こずえ》の緑、卯の花の白妙《しろたえ》、茨《いばら》の花の白、それらに加えるに白河の白である。雪の白ということもある。余裕というのか、芭蕉の遊び心を私は感じるのだ。

蝦夷《えみし》に対する砦《とりで》として築かれた白河の関は、奥州への入口であり、歌枕の地である。古歌がたくさん詠まれている。能因の「都をば霞と共に立ちしかど秋風ぞ吹く白河の関」という古歌に敬意を表し、竹田大夫国行という人物が、装束を改めて白河の関を越えたという故事がある。

「卯の花を」の曽良の句は、衣冠を改めて関を越えたと伝えられているのだが、無一物で捨身行脚《しゃしんあんぎゃ》をつづける自分たちは、改めるべき衣も冠も持っていない。せめて卯の花を髪にさして晴着とし、すぐれた歌をたくさん残した故人たちを慕いつつ、関を通り抜けていこうというのである。

誓願のとおり奥州にはいることができ、感動とともに余裕がでて、芭蕉にも曽良にも遊び心が湧いてきたのである。

十二　須賀川《すかがわ》

とかくして越《こ》え行《ゆ》くままに、阿《あ》武《ぶ》隈川《くまがわ》を渡《わた》る。左《ひだり》に会津《あいづ》根《ね》高《たか》く、右《みぎ》に岩城《いわき》・相馬《そうま》・三《み》春《はる》の庄《しょう》、常陸《ひたち》・下野《しもつけ》の地《ち》をさかひて山《やま》つらなる。かげ沼《ぬま》といふ所《ところ》を行《ゆ》くに、今日《きょう》は空曇《そらくも》りて物影《ものかげ》うつらず。

世に咲く花

とにかく白河の関を越えていくうちに、阿武隈川を渡った。左に会津根（磐梯山）が高くそびえ、右には岩城、相馬、三春の庄とつづいていき、常陸の国と下野の国の境の山々が連なっている。影沼《かげ》というところをいくと、今日は空が曇っていて、水面に物影が映らない。
須賀川の宿駅に等窮というものを訪ねると、四、五日引き止められた。さっそく、「白河の関はどんな句を詠んで越えましたか」と問われた。「長旅の苦しさに身も心も疲

つらず。
須賀川《すかがわ》の駅《えき》に等窮《とうきゅう》といふものを尋《たず》ねて、四五日《しごにち》とどめらる。まづ「白河《しらかわ》の関《せき》いかに越《こ》えつるや」と問《と》ふ。「長途《ちょうど》の苦《くる》しみ身心《しんじん》つかれ、且《か》つは風景《ふうけい》に魂《たましい》うばはれ、懐旧《かいきゅう》に腸《はらわた》を断《た》ちて、はかばかしう思《おも》ひめぐらさず。

れ、その上風景の美しさに魂が奪われ、古歌を想っては古人の詩情に断腸の思いに迫られ、はかばかしく自分の句には思いめぐらせることはできませんでした。
風流の初めや奥の田植うた（白河の関を越えて陸奥《みちのく》にはいり、はじめて風流を感じたのは、鄙《ひな》びた田植歌であったことよ）
一句も詠まずに白河の関を越えるのはさすがに心残りで、こんな句をつくりました」

風流《ふうりゅう》の初《はじ》めや奥《おく》の田植《たうえ》うた
無下《むげ》に越《こ》えんもさすがに」と語《かた》れば、脇《わき》・第三《だいさん》[1]とつづけて三巻《かん》となしぬ。
この宿《しゅく》の傍《かたわら》に、大《おお》きなる栗《くり》の木陰《こかげ》をたのみて、世《よ》をいとふ《う》僧《そう》あり。橡《とち》ひろふ《う》太山《みやま》もかくやと閒《しずか》に覚《おぼ》えられて、ものに書付《かきつ》け

このように語ると、これを発句《ほっく》にして、脇、第三とつづけ、三巻の連句に仕上げたものであった。
この宿のかたわらに、大きな栗の木陰を雨露をしのぐ頼みとして庵を結び、世を避けて隠栖《いんせい》する僧がいた。橡《とち》の実拾う深山の暮らしもこのようであろうか、閑雅なものだなとゆかしく思われ、懐紙《かいし》に書きつけた。その詞は、
栗という文字は、西の木と書いて、西方浄土に縁があると、行基菩薩は一生杖にも柱にもお使いになったということである。

侍《はべ》る。その詞《ことば》、
栗《くり》といふ文字《うもじ》は西《にし》の木《き》と書《か》きて、
西方浄土《さいほうじょうど》に便《たより》ありと、行基菩薩《ぎょうぎぼさつ》の
一生杖《いっしょうつえ》にも柱《はしら》にもこの木《き》を用《もちい》ひ給《たま》
ふとかや、
世《よ》の人《ひと》の見付《みつ》けぬ花《はな》や軒《のき》の栗《くり》

世の人の見付けぬ花や軒の栗（世間の人が見ようともしない栗の花を、軒近くに植えている草庵の主は、行基菩薩に心を寄せているのであろうか。世の人から隠れて住むこの庵の主人は、まるで栗の花のように人目につかないようにしている。私はこんな生き方に深く共感するのだ）

1 連句の第二句目、第三句目

「奥の細道」にある句のうち、私はこの句が一番好きだ。目立たないのであるが、芭蕉の理想などが語られていて、意味はまことに深い。この頃の人は、諸国を行脚して人々へ慈悲行をした行基菩薩の心持ちを知らないのではないか。「世の人の」の句は、そんな芭蕉の気持ちを詠んでいて、しみじみと深い。

須賀川宿のはずれに大きな栗があり、その木陰に世捨て人が庵を結んでいた。世を隠れて棲む僧と、人にかえりみられない栗の花は、どこか似ている。

芭蕉の時代には、自らのさとりを求めて一人修行を重ねる僧がまだいたようである。世間の人がどう見ようと、信念をつらぬきとおして修行をしなければ、釈迦と同じさとりは得られない。禅というのは、釈迦と同じさとりの境地にはいろうという実践的な思想なのである。

かの僧のように世間から離れて庵を結ぶのも、芭蕉のように捨身行脚をするのも、もともとは釈迦のしたことなのである。栗の木の下の小庵の脇を通りながら、芭蕉は姿の見えぬ僧に深い共感を覚えた。

庵は人里離れた山中にではなく、須賀川宿のはずれにあった。人の暮らしのただ中にいれば自分の修行に集中できず、離れすぎたのでは托鉢《たくはつ》もできず人々に教えを説くこともできない。村から遠からず近からずのところに住むというのが、釈迦の教えである。

これは中庸《ちゆうよう》ということだ。世捨て人の芭蕉も、人の中を旅していくのである。

十三　安積《あさか》

等窮《とうきゅう》が宅《たく》を出《い》でて五里《り》ばかり、檜皮《ひわだ》の宿《しゅく》を離《はな》れて安積山《あさかやま》1あり。路《みち》より近《ちか》し。このあたり沼多《ぬまおお》し。かつみ刈《か》る比《ころ》もやや近《ちこ》うなれば、いづ《ず》れの草《くさ》を花《はな》かつみとはいふ《う》ぞと、人々《ひとびと》に尋《たず》ね侍《はべ》れど

歌枕と空観

等窮の家を出でて五里ばかりいき、檜皮の宿を離れると、安積山《あさかやま》がある。道よりすぐ近い。このあたりには沼が多い。かつみを刈る季節も近いので、どの草を花がつみというのかと人々に尋ねてみたが、いっこうに知っている人もいない。沼をたずね、人に問い、「かつみかつみ」と尋ね歩いているうち、日は山の端にかかった。二本松から右に折れて、黒塚の岩屋を一見して、福島に宿をとった。

も、更《さら》に知《し》る人《ひと》なし。沼《ぬま》を尋《たず》ね、人《ひと》に問《と》ひ《い》、「かつみ〳〵《かつみ》」と尋《たず》ねありきて、日《ひ》は山《やま》の端《は》にかかりぬ。二本松《にほんまつ》より右《みぎ》にきれて、黒塚《くろづか》の岩屋《いわや》一見《いつけん》し、福島《ふくしま》[2]に宿《やど》る。

1 「安積山かげさへ見ゆる山の井の浅き心をわがおもはなくに」采女（万葉集・巻第十六）
2 堀田氏十万石の城下町

歌枕の地を訪ねるのが芭蕉の旅の目的であるが、その場所にいったところで何があるわけではない。わかっているのだが、その場にいくたび何かのよすがを求め、芭蕉はおろおろしてしまう。「奥の細道」の芭蕉の旧跡をしたって旅をする人はひきもきらないのが現状であるが、同じことがいえる。いったところで、何もない。旅人は芭蕉と同じことをくり返す。それもまた芭蕉の旅の追体験といっていえないことはない。

「みちのくのあさかの沼の花がつみかつ見る人に恋ひやわたらむ」と、「古今集」におさめられた藤中将実方が詠んだ歌は確かにあるものの、どれが「あさかの沼」で「花がつみ」なのかと検証していっても、わからない。安積《あさか》山は確かにあるが、安積山公園の中の小さな丘のことなのである。沼はたくさんあって、どれが「あさかの沼」なのかと特定しようとしても、わからないし意味もない。すべてが想念の世界にのみ存在するのだ。

かの藤中将実方は都から遠く離れた陸奥《むつ》の配所にいた。端午《たんご》の節句《せつく》を祝うにもあやめがないため、沼に生えているかつみを刈らせた。もちろん実方は都の遠くにいる身の不運を嘆いているのだ。その淋しい心を慰めたかつみの花だが、まこも、あやめ、蘆《あし》の花と諸説があってよくわからない。

芭蕉は「かつみ、かつみ」と尋ね歩き、日が山の端にかかってきた。謡曲「安達《あだち》が原《はら》」で旅人の肉を喰らう鬼女のことはあまりによく知られているにせよ、鬼女の棲んでいた黒塚を一見しても、芭蕉には感想すらない。

言葉だけがあって、もともと実体のようなものは存在しない。文学こそ、仏教の空観を体現しているものなのではないか。空であるからこそ、言葉は自由自在で、広大無辺なのである。

十四　信夫《しのぶ》

明《あ》くれば、しのぶもぢ摺《じずり》の石《いし》[1]を尋《たず》ねて、信夫《しのぶ》の里《さと》に行《ゆ》く。遥《はる》か山陰《やまかげ》の小里《こさと》に、石半《いしなか》ば土《つち》に埋《うず》もれてあり。里《さと》の童《わらべ》の来《きた》りて教《おし》へける、「昔《むかし》はこの山《やま》の上《うえ》に侍《はべ》りしを、往来《ゆきき》の人《ひと》の麦草《むぎくさ》をあらして

物語の真実の石

明けた翌日、しのぶもじ摺りの石を尋ねて、信夫の里にいく。遥か山陰の小さな里に、その石は半ば土に埋もれてあった。里の子供がきて教えてくれるのには、「昔はこの山の上にあったのを、往来の人が畑の麦を抜いて荒らし、この石の面にこすりつけて試しているのを憎んで、この谷に突き落としたところ、石は表面を下にして伏せたのです」といった。そんなことがあるのであろうか。

この石《いし》を試《こころ》み侍《はべ》るをにくみて、この谷《たに》につき落《おと》せば、石《いし》の面《おもて》下《した》ざまに伏《ふ》したり」と言ふ《いう》。さもあるべき事《こと》にや。

早《さ》苗《なえ》とる手《て》もとや昔《むかし》のぶ摺《ずり》

早苗《さなえ》とる手もとや昔しのぶ摺《ずり》（しのぶもじ摺りの風雅は完全に失われてしまったのだが、早苗をとる早《さ》乙女《おとめ》たちの手ぶりは、かつての摺り衣を摺った古代ぶりをしのばせていることである）

1 信夫郡から産出した染め布を摺るのに用いた石

風流というのは、いつも現実に裏切られる。もじ摺りは古代の染めで、もじれた流線模様のことをいう。芭蕉の時代には岩の表に文字や模様が彫ってあり、そこに草の汁などの染料を塗り布をあてて染めたのだと考えられていた。

そこから展開し、文字摺石《もじずりいし》に麦の葉をこすりつけると、想い人の顔が現れるとされた。そのために麦畑が荒らされ、耐えきれなくなった農家がこの石を谷に転がり落とすと、文字のある表を土のほうに向けてしまった。その後に芭蕉がやってきたということである。

この石をまた裏返しにすれば、文字の刻まれた表側がでてくるかどうかはわからない。そもそも石には表も裏もないのである。もちろんこの石の裏側には文字が刻まれていると想念するのは、人の精神なのだ。信夫の里の文字摺石は最初からそこにそうしてあり、たえず物語を生み出してきた。もし本当に文字が刻みつけてあったら、ただそれだけのことで、産業の遺跡とはなっても、ここまで物語として語られることはなかっただろう。

物語の力は、岩を動かすよりも強い。何が虚で何が実なのかわからないところが物語であり、目に見える事実ばかりを追究していくと、必ず物語に裏切られるのだ。真実が見えないからこそ文字摺石はずっとその場所にあり、人が忘れないかぎりずっと物語をつづけるのだ。文字摺石は物語にとっての真実の石ということになる。

十五　丸山《まるやま》

月《つき》の輪《わ》の渡《わた》しを越《こ》えて、瀬《せ》の上《うえ》といふ宿《しゅく》に出《い》づ。佐藤庄司《さとうしょうじ》が旧《きゅう》跡《せき》は左《ひだり》の山際《やまぎわ》一里《り》半《はん》ばかりにあり。飯塚《いいづか》の里鯖野《さとさばの》と聞《き》きて尋《たず》ね〳〵行《たずねゆ》くに、丸山《まるやま》といふに尋《たず》ねあたる。これ、庄司《しょうじ》が旧館《きゅうかん》な

門へ不入
月の輪の渡しを越えて、瀬の上という宿にくる。佐藤庄司の旧跡は、左の山際を一里半ばかりいったところにある。場所は飯塚の里鯖野と聞いて、尋ね尋ねていくと、丸山というところに尋ねあたった。これが庄司の城跡である。麓にあるのが大手門の跡だなどと人が教えてくれるのに誘われて、懐旧の涙を落としたのだが、かたわらの古寺には佐藤家の石碑も残っている。いくつもある墓碑のうちでも、二人の嫁の墓標がまず哀れである。女ではあってもけな

り。麓《ふもと》に大手《おおて》の跡《あと》など人《ひと》の教《おしう》ふるにまかせて泪《なみだ》を落《おと》し、又《また》かたは《わ》らの古寺《ふるでら》に一家《け》の石碑《せきひ》を残《のこ》す。中《なか》にも二人《ふたり》の嫁《よめ》がしるし、まづ《ず》哀《あわ》れなり。女《おんな》なれどもかひ《い》がひ《い》しき名《な》の世《よ》に聞《きこ》えつるものかなと袂《たもと》をぬらしぬ。堕涙《だるい》の石《せき》碑《ひ》も遠《とお》きにあらず。寺《てら》に入《い》りて

げな名声がよくも世間に知れわたったものだなと、感激の涙に袂を濡らした。堕涙の石碑もいにしえの遠い中国に求めるまでもない。寺にはいって茶を乞うと、ここには義経の太刀や弁慶の笈を伝えて宝物としている。

笈も太刀も五月にかざれ紙幟（折から五月の薫《かお》りのよい風に吹かれて、端午の節句の飾り物の紙幟が勇ましく旗めいているが、弁慶の笈も義経の太刀も節句に飾って、その武勇の哀史を後世に語り伝え

茶《ちや》を乞《こ》へば、ここに義経《よしつね》の
太刀《たち》・弁慶《べんけい》が笈《おい》をとどめて什物《じゆうもつ》
とす。
笈《おい》も太刀《たち》も五月《さつき》にかざれ紙幟《かみのぼり》
五月朔日《さつきついたち》[2]の事《こと》なり。

よ）
五月一日のことであった。

1 晋の太守羊祜の没後、徳を慕う民が立てた碑。望見するもの皆が涙したので杜預が堕涙碑と名付けた
2 陽暦六月十九日

芭蕉は寺にはいって茶を乞い、寺宝となっている義経の太刀と弁慶の笈を拝見したということになっている。しかしながら「曽良随行日記」にはこう書かれている。

「佐藤庄司ノ寺有。寺ノ門へ不入《いらず》」

庄司とは庄の司という意味で、平泉の藤原秀衡《ひでひら》の家臣佐藤元治《もとはる》のことである。信夫《しのぶ》郡と伊達《だて》郡の庄司に任じられた。その子が源義経に仕えた佐藤継信《つぐのぶ》と忠信の兄弟である。兄継信は源平が雌雄を決した屋島《やしま》の合戦で、義経の身代わりになり、二十八歳で戦死した。弟忠信は吉野で義経の身代わりとなって頼朝の放った追手を防ぎ、京都では絶体絶命の窮地《きゅうち》に陥り、義経より拝領の太刀で自刃をとげた。この兄弟のことは謡曲や浄瑠璃で語られ、のちには歌舞伎の演目「義経千本桜」になっている。

判官びいきの江戸の庶民と同様に、芭蕉は義経主従へことのほか思いを寄せている。「奥の細道」は歌枕の地への巡礼なのであるが、もうひとつ「義経記」への旅という趣きがある。その芭蕉にとって、佐藤兄弟の菩提寺で義経と弁慶ゆかりの宝物をおさめた寺への参詣は、まことに楽しみであったであろう。

ところが寺にはいるのを断られたのだ。「不入」は「イラズ」と読むか「イレズ」と読むか、微妙なところである。芭蕉は堂のうしろにまわり、佐藤家の墓参などをしているのだが、心にたまるものがあったろう。ここまで知人や案内人がいて、恵まれた旅をしていた。だがこの時は玄関払いをされてしまったのだ。そこで芭蕉は腹いせをしていると私には見てとれる。

十六　飯塚《いいづか》

その夜《よ》、飯塚《いいづか》にとまる。温泉《いでゆ》あれば湯《ゆ》に入《い》りて宿《しゆく》を借《か》るに、土《ど》坐《ざ》に筵《むしろ》を敷《し》きて、あやしき貧家《ひんか》なり。灯《ともしび》もなければ、ゐ《い》ろりの火《ほ》かげに寝所《ねどころ》を設《もう》けて臥《ふ》す。夜《よる》に入《い》りて、雷《かみな》鳴り雨《あめ》しきりに降《ふ》

道場
その夜、飯塚に泊った。温泉があるので、まず湯にはいってから宿を借りたところ、土間に筵を敷いて、なんとも粗末な貧家であった。燈火もないので、囲炉裏《いろり》の火の明かりで寝床をつくって横になった。夜、雷が鳴り、雨は激しく降りだして、寝ている上より漏ってくる。蚤や蚊に責められて、眠れない。持病さえ起こって気が遠くなるばかりである。夏の短い夜の空もようやく明けたので、また旅立った。まだ昨夜の苦しみが残っていて、気分も進まない。

りて、臥《ふ》せる上《うえ》よりもり、蚤《のみ》・蚊《か》にせせられて眠《ねむ》らず、持病《じびょう》[1]さへ《え》おこりて消入《きえい》るばかりになん。短夜《みじかよ》の空《そら》もや《よ》うや《よ》う明《あ》くれば、又旅立《またたびだ》ちぬ。なほ《お》夜《よる》のなごり、心進《こころすす》まず、馬借《うまか》りて桑折《こおり》の駅《えき》に出《い》づ《ず》る。遥《はる》かなる行末《ゆくすえ》をかかへ《え》て、かかる病《やまい》おぼつかなし

馬を借りて、桑折《こおり》宿にでる。これから先の遥かな前途を考えて、こんな持病がでるとはまったく心細いしだいではあるが、そもそも苦しい旅のはずであり、しかも辺鄙《へんぴ》な片田舎の旅なのである。もとよりこの身は捨てて無常にさらされて生きようと観念したのだから、たとえ路上に死んだとて、これも天命なのである。そう思って気力をいささか取り直し、道を威勢よく力強く踏みしめていき、伊達の大木戸を越す。

といへ《え》ど、羈旅辺土《きりょへんど》の行脚《あんぎゃ》、捨《しゃ》身無常《しんむじょう》の観念《かんねん》、道路《どうろ》に死《し》なん、[2]これ天《てん》の命《めい》なりと、気力聊《きりょくいささ》かとり直《なお》し、路縦横《みちじゅうおう》に踏《ふ》んで伊達《だて》の大木《おおき》戸《ど》を越《こ》す。

1 芭蕉には慢性疾患があり、しばしば疼痛を訴えた
2 「予タトヒ大葬ヲ得ズトモ、予道路ニ死ナンヤ」（論語・子罕篇）

長旅をしていると、必ずこのような憂愁《ゆうしゅう》の夜があるものである。どうも芭蕉は前日に義経主従ゆかりの寺への拝観を断られたことを、引きずっているようだ。捨身行脚をしているはずの芭蕉にも、いささかの自己への憐憫《れんびん》の情があるようだ。芭蕉の人間らしい

弱さが見えて、好感を持つところである。そして、その乗り越え方がおもしろい。

「羇旅《きりよ》辺土の行脚、捨身無常の観念、道路に死なん、これ天の命《めい》なりと、気力いささかとり直し……」

辺鄙《へんぴ》な片田舎の旅なのである。もとよりこの身は捨て無常にさらされて生きようと観念したのだから、たとえ路上に死んだとて、これも天命なのである。そう思って気力をいささか取り直した。

芭蕉は原点にたち返ったのだった。そもそもが世捨て人として、何も所有せず、この娑婆《しやば》世界に捨身したのではなかったのか。貧しい宿にはいり雨もりにやられ蚤や蚊に責められ、それで前途を悲観してしまうとは、なんとも修行ができていないではないか。

芭蕉の葛藤《かつとう》はまことに現実的であった。雲のように定まった住所もなく、水のように流れゆきて寄るところもない、すなわち行雲流水《こううんりゆうすい》が、捨身行脚をする求道者のあるべき姿ではないか。路上で死ぬことはもとより覚悟の上で、何をうろたえているのか。

このあたりの芭蕉は、まるで道場にいるようである。こうして芭蕉は一回り大きな遊行者になったのである。

十七　笠島《かさじま》

鐙摺《あぶみずり》・白石《しろいし》の城《しろ》を過《す》ぎ、笠島《かさじま》の郡《こおり》に入《い》れば、藤中将実方《とうのちゅうじょうさねかた》の塚《つか》はいづ《ず》くのほどならんと人《ひと》に問《と》へ《え》ば、「これより遥《はる》か右《みぎ》に見《み》ゆる山際《やまぎわ》の里《さと》を蓑輪《みのわ》・笠島《かさじま》といひ《い》、道祖神《どうそじん》の社《やしろ》・かたみの薄《すすき》[1]

悲運の泥

鐙摺、白石の城を過ぎ、笠島の郡にはいって、藤中将実方の塚はどのあたりかと人に問うと、「ここから遥か右に見える山際の里を、蓑輪、笠島といい、道祖神の社や形見の薄が今に残っています」と教えてくれた。この日頃は五月雨のために道がぬかるんで難儀し、身体も疲れたので、遠くから眺めやっただけで過ぎたのだが、蓑輪、笠島というその名のとおり五月雨の季節によく合ったものだとも思い、

今《いま》にあり」と教《おしう》ふ。この比《ごろ》の五月雨《さみだれ》に道《みち》いとあしく、身《み》疲《つか》れ侍《はべ》れば、よそながら眺《なが》めやりて過《す》ぐるに、蓑輪《みのわ》・笠島《かさじま》も五月雨《さみだれ》の折《おり》にふれたりと、

笠島《かさじま》はいづ《ず》こ五月《さつき》のぬかり道《みち》

笠島はいづこ五月のぬかり道（五月雨のぬかるんだ道に難儀しきっている私たちに、笠島という名は因果な感じもする。実方や西行法師のゆかりの笠島は、どのあたりなのであろうか）

1 「朽ちもせぬその名ばかりを留め置て枯野の薄形見にぞ見る」西行（山家集）

左近衛中将藤原実方《さねかた》は第二の業平《なりひら》とも呼ばれ、流寓《りゅうぐう》の貴《き》公子《こうし》である。風流才士として知られていて、清少納言との恋愛も噂された。どうも気性の激しさを持った人物で、そ

のことが邪魔して才能を充分に発揮することのできなかったきらいがある。

伝えられているところによれば、一条天皇の御前で藤原行成《ゆきなり》と口論し、感情が激して笏《しゃく》で冠をたたき落とすという無礼をはたらいた。それを目近に御覧になった帝は、殿上でもあるので怒り、「歌枕見て参れ」と陸奥守に左遷された。わずかな短気が、人生に不幸を呼び込んだのである。

この笠島の地にあった中将実方は、馬に乗って道祖神の前を通ろうとした。すると村人がこれは霊験のある道祖神であるから、馬に乗ったまま通りすぎるのは無礼であり、どんな災いがくるかわからないといさめた。下馬《げば》して拝礼してから通り直すのがよいと助言をしたのである。

実方はこれはどのような神であるかと村人に問う。村人は答えた。都の一条の北辺にある出雲路《いずもじ》の道祖の娘であるが、商人とねんごろになって激怒した親に勘当され、この地に追放された。この土地の人が神とあがめて祀《まつ》った。この神に願いごとをいえばたいていかなう。あなたも都に帰りたいのなら、下馬して再び参拝すべきである。村人がこのように説明すると、これは下品な神であるとして実方はそのまま通ろうとした。すると実方は神の怒りにふれ、たちまちに落馬して死んだという。不運はここに極まったのである。

悲しいような、情ないような話ではないか。折からの五月雨《さみだれ》で、あたりは泥んこである。身体が疲れてしまったので、芭蕉は実方の墓参どころではなく、遠くから眺めやりながら通り過ぎていく。まことにひどい泥が、きっと傲慢であったはずの実方の悲運を象徴して、見事な文章である。

十八　武隈《たけくま》

岩沼《いわぬま》に宿《やど》る。

武隈《たけくま》[1]の松《まつ》にこそ目覚《めざ》むる心地《ここち》はすれ。根《ね》は土際《つちぎわ》より二木《ふたき》に分《わか》れて、昔《むかし》の姿《すがた》うしなは《わ》ずと知《し》らる。まづ《ず》、能因法師《のういんほうし》思ひ《おもい》出《い》づ《ず》。往昔《そのかみ》、陸奥守《むつのかみ》にて下《くだ》りし人《ひと》、こ

永遠の命

岩沼に宿をとった。

武隈の松のすばらしさには、目のさめるような思いがする。根は生え際から二本に分かれ、古歌に詠まれた姿をそのまま失っていないと知れた。まず能因法師のことが思い浮かんだ。その昔、陸奥守となって都から下った人が、この木を伐って名取川の橋杭にしたことがあったからであろうか、陸奥に再び下った能因法師が「松はこのたび跡もなし」と詠んでいる。代々、あるいは伐り、あるいは植え継ぎなどしてきたと聞く

の木《き》を伐《き》りて名《な》取川《とりがわ》の橋杭《はしぐい》にせられたる事《こと》などあればにや、「松《まつ》はこのたび跡《あと》もなし」とは詠《よ》みたり。代々《よよ》、あるは伐《き》り、あるいは植継《うえつ》ぎなどせしと聞《き》くに、今《いま》はた千歳《ちとせ》の形《かたち》ととのほひ《おい》て、めでたき松《まつ》のけしきになん侍《はべ》りし。

のに、今はまた千年の歳月をへてきたかと思えるほどに形が整って、いかにもめでたい松の風情であった。

武隈の松みせ申せ遅桜（陸奥の遅桜よ、師がこられた時には、武隈の松をもお見せするように）

と、挙白というものが餞別に詠んでくれたので、お返しに、

桜より松は二木を三月越し（江戸を出発してから足かけ三月にもなり、せっかく準備しておいてくれ

「武隈《たけくま》の松《まつ》みせ申《もう》せ遅桜《おそざくら》」と挙白《きょはく》とい
ふ《う》者《もの》の餞別《せんべつ》したりければ、

桜《さくら》より松《まつ》は二木《ふたき》を三《み》月《つき》越《ご》し

た遅桜は散ってしまった。だがそれよりも、武隈の松は二本の幹のすばらしい姿を見せてくれた。三月越しに見る松に満足していますよ）

1 「いづくにもあれ、しばし旅立ちたるこそ目さむる心ちこそすれ」吉田兼好（徒然草）

諸国でさまざまな風物を見てきた芭蕉が驚くのであるから、それは見事な松であったろう。松は千年といい、もちろん千年は誇張であるが、年をへた松の存在感には人に迫りくるものがあるのだ。芭蕉はこの松によほど感動したとみえる。その感動ぶりは、私たち現代人の感動と度合いを遥かに越えている。

芭蕉が訪ねた武隈の松とは、「後拾遺集」におさめられた橘季通《としみち》の歌に歌われた松でである。

「武隈の松は二木を都人いかがと問はばみきと答えん」

この松を見た時の芭蕉の喜びはいかばかりであったろう。芭蕉の感慨とは、遠い時間をへて古人とつながっているということである。松の木は伐ればなくなってしまう。しかし、歌は代々読みつがれ、永遠の命を持っているのだ。言葉の命を感じたことが、芭蕉の感激であった。

「武隈の松みせ申せ遅桜」の句は、陸奥の遅桜よ師がいったなら武隈の松もお見せするようにと、弟子の挙白に餞別に贈られた句である。「桜より松は二木を三月越し」は三月ごしの旅をして武隈にきてみると、待っていてくれたのは桜ではなく、「松は二木を」と古歌に詠まれた武隈の松であったという意味である。遠い過去と確かに結びついているという自覚が、芭蕉にはまことに嬉しかったのであった。

十九　仙台《せんだい》

名《な》取川《とりがわ》を渡《わた》りて仙台《せんだい》に入《い》る。あやめ葺《ふ》く日《ひ》[1]なり。旅宿《りよしゅく》をもとめて四五日《しごにち》逗留《とうりゅう》す。ここに画工《がこう》加右衛《え》門《もん》といふ《う》ものあり。聊《いささ》か心《こころ》ある者《もの》と聞《き》きて、知人《しるひと》になる。この者《もの》、年比《としごろ》さだかならぬ

風流の痴《し》れ者

名取川を渡って仙台にはいる。端午の節句で家の軒に菖蒲を葺く日であった。宿を求めて、四、五日逗留した。ここに画工加右衛門というものがいる。いささか風流を解するものと聞いて、知り合いになった。この人は、名のみ知られてどこにあるかわからない歌枕を調べておきましたのでといって、一日案内してくれた。宮城野の萩は見事に繁りあって、古歌に詠《よ》まれた秋の景色が思いやられる。玉田、横野、つつじが岡は、古歌にみえる馬酔木《あせび》の咲くころ

名所《などころ》を考《かんが》へ置《お》き侍《はべ》ればとて、一《ひと》日案内《ひあんない》す。宮城野《みやぎの》の萩茂《はぎしげ》りあひ《い》て秋《あき》の気色《けしき》思《おも》ひ《い》やらるる。玉田《たまだ》・横野《よこの》、つつじが岡《おか》はあせび咲《さ》くころなり。日影《ひかげ》ももらぬ松《まつ》の林《はやし》に入《い》りて、ここを木《き》の下《した》といふ《う》とぞ。昔《むかし》もかく露《つゆ》ふかければこそ「みさぶらひみかさ」とい《い》

である。日の光も射《さ》し込まぬ松の林にはいって、ここが木の下というところだという。昔もこのように露が深かったから、みさぶらい御笠と申せ（お供の人よ、御主人にお笠をお召しくださいと申し上げよ）とこのように詠んだのである。薬師堂、天神の御社など拝んで、その日は暮れた。なおその上に、加右衛門は松島や塩竈のところどころを画に描いて贈ってくれる。かつまた、紺の染緒をつけた草鞋二足を、餞別にくれた。さればこそ、風流の道の痴《し》れ者は、この心にくい贈り物を贈ってくれるに

は詠《よ》みたれ。薬師堂《やくしどう》・天神《てんじん》の御《み》社《やしろ》など拝《おが》みて、その日《ひ》は暮《く》れぬ。なほ《お》松島《まつしま》・塩釜《しおがま》の所々画《ところどころえ》に書《か》きて贈《おく》る。且《か》つ、紺《こん》の染緒《そめお》つけたる草鞋《わらじ》二足《そく》餞《はなむけ》す。さればこそ、風流《ふうりゅう》のしれ者《もの》、ここに至《いた》りてその実《じつ》を顕《あらわ》はす。

あやめ草足《ぐさあし》に結《むす》ばん草鞋《わらじ》の緒《お》

至って、その本領を表にだしたというべきであろう。

あやめ草足に結ばん草鞋の緒（あやめ草は端午の節句につきものだが、そのあやめ草を思わせる鮮やかな紺の染緒をつけた草鞋を足に結び、旅をつづけよう）

1　五月四日　陽暦六月二十日

歌枕の旅をしてきて、その現場にいき、たびたび芭蕉はがっかりしてきた。歌は残っているのだが、形あるものは何もない。歌とはまさに虚空であると知るばかりであった。色即是空《しきそくぜくう》、空即是色《くうそくぜしき》（形あるものはすなわちこれ空《くう》であり、空はすなわちこれ形のあるものである）ということだ。わかっているはずなのに、そのことを実感しないわけにはいかない。それはまた道を知ることであったろう。

ところが仙台にはいると、少々風流を解する画工加右衛門というものがいて、名のみ知られてははっきりしない歌枕の場所を調べておいたという。色即是空ときて、空即是色と返されたのである。だが返されたところで、その土地には言葉だけが残っていると芭蕉はすでに知っている。

郷土史家とでもいうべき人物によって、すべて古歌の歌枕の場所は特定されていたのである。

だがそれがなんだというのであろう。こうして調べをつくした画工加右衛門を芭蕉は「風流のしれ者」といっている。「風流の痴れ者」とは本来は讃め言葉ではあるのだが、ここまで調べをつくしてしまっては、想像力のはいる余地がむしろなくなる。それを風流の道に対する「痴れ者」といっているのではないだろうか。

親切心からでたのであろうが、余計なお世話というものではなかろうか。それは私の考えすぎであろうか。

二十　多賀城《たがのじょう》

かの画図《がと》にまかせてたどり行《ゆ》けば、おくの細道《ほそみち》[1]の山際《やまぎわ》に十符《とふ》の菅《すげ》[2]あり。今《いま》も年々《ねんねん》十符《とふ》の菅菰《すがごも》を調《ととの》へて国守《こくしゅ》に献《けん》ずといへ《え》り。

壺碑《つぼのいしぶみ》　市川村多賀城《いちかわむらたがのじょう》[3]にあり。

つぼの石《いし》ぶみは、高《たか》さ六尺余《ろくしゃくよ》、

残るべき言葉

加右衛門の絵図を頼りにいくと、奥の細道の山際に、歌枕の十符の菅がある。今でも毎年十符の菅菰《すがごも》を調えて、藩主に献上するということである。

壺碑　市川村多賀城にある。

壺碑は、高さ六尺余り、横は三尺ばかりであろうか。苔に彫りつけたように文字は幽かである。はじめに四方の国境からの里数が記してあり、文字はこうある。

横《よこ》三尺《さんじゃく》ばかりか。苔《こけ》を穿《うが》ちて文《も》字《じ》幽《かす》かなり。四維《しい》国界《こくかい》の数里《すうり》を記《しる》す。「此城《このしろ》、神亀《じんき》元年《がんねん》、按察《あぜ》使《ち》鎮守府将軍《ちんじゅふしょうぐん》大野朝臣東人之《おおののあそんあずまひとの》所里也《おくところなり》。天平宝字《てんぴょうほうじ》六年《ねん》、参議《さんぎ》東海東山節度使《とうかいとうせんせつとし》 同《おなじく》 将軍恵美朝《しょうぐんえみのあ》臣《そん》 獦《あさかり》 修造《しゅうぞう》而。十二月朔日《しわすついたち》」とあり。聖武皇帝《しょうむこうてい》の御時《おんとき》に当《あた》れ

「この城、神亀元年、按察使鎮守府将軍大野朝臣東人の設置したものである。天平宝字六年、参議東海東山節度使同将軍恵美朝臣獦がこの碑を修理して建てた。十二月朔日《ついたち》」

聖武帝の御代にあたっている。昔から詠み置かれた歌枕は多く語り伝えられているが、山は崩れ川の流れは変わって道があらたまり、石は埋まって土に隠れ、木は老い朽ちて若木に植えかえられる。時は移り世は変わって、その跡は確かではないの

り。昔《むかし》より詠《よ》み置《お》ける歌枕《うたまくら》、多《おお》く語《かた》り伝《つたう》ふといへ《え》ども、山崩《やまくず》れ川流《かわなが》れて道《みち》あらたまり、石《いし》は埋《うずも》れて土《つち》にかくれ、木《き》は老《お》いて若《わか》木《き》にかはれ《わ》ば、時移《ときうつ》り代《よ》変《へん》じてその跡《あと》たしかならぬ事《こと》のみを、ここに至《いた》りて疑《うたがい》ひなき千歳《せんざい》の記念《かたみ》、今眼前《いまがんぜん》に古人《こじん》の心《こころ》を閲《けみ》

だが、この碑は疑いもなき千年のかたみであり、今のあたりに古人の心をしのぶのである。これが行脚の徳ということで、生きてあることの悦びなのだ。旅の難儀も忘れ、涙もこぼれんばかりであった。

1 三千風らが選定した仙台東北郊、岩切村入山（今、仙台市のうち）の東光寺門前の冠川沿いの名所
2 編み目が十筋あるスゲの菰。古歌に陸奥名産と詠まれた
3 今、多賀城市市川。多賀城はもと蝦夷統治の地として鎮守府や陸奥国府が置かれた
4 生き長らえた喜び。「存命のよろこび、日々にたのしまざらんや」（徒然草）

す。行脚《あんぎや》の一徳《いつとく》、存命《ぞんめい》の悦《よろこ》び、 4 羇旅《きりよ》の労《ろう》を忘《わす》れて泪《なみだ》も落《お》つるばかりなり。

おそらく苔むして判読も困難な古碑に刻まれた文字を、芭蕉は一字一字筆写していったのであろう。後年の研究によれば、三字ほど誤記があるようである。そんなところにむしろ、現場の雰囲気がある。また別の研究によれば、寛文年間に地中より発掘されて壺の碑とされ、坂上田村麻呂が弓筈《ゆはず》で彫りつけたとされた碑は確かにあった。その石碑は多賀城趾から発見されたので多賀城碑ともされたのだが、書体も内容も疑問視され、壺の碑でもなく多賀城碑でもないと断定された。時は移り、今は真物であるといわれる。そんな変転は芭蕉の紀行文をおとしめるものではない。

古歌の作者たちは古代と異郷への憧憬を、壺の碑にたくし、芭蕉もまたそうであった。その現物である壺の碑の前に立った芭蕉の感激には、これは高揚したものがあったはずである。私たちは芭蕉の姿を思い浮かべ、古歌の作者たちや芭蕉の精神性を感じることができればよいのである。

壺の碑と伝えられる石碑の前に立った芭蕉の感激は、ここに極まったのである。このような時を超越したものに出会ったのも、長生きしたからであり、行脚の旅をしてきた徳というものであると、芭蕉はしみじみ思う。

芭蕉の感激は真実ではあるのだが、碑など形あるものより何より、芭蕉の句こそ時を超えていくではないか。私は言葉の強さを改めて感じるのである。どんな天変地異があろうと、戦乱があろうと、石碑は砕けようとも、残るべき言葉は残っていくのである。もちろん、残るべき言葉のみである。

二十一　末《すえ》の松山《まつやま》

それより野田《のだ》の玉川《たまがわ》[1]・沖《おき》の石《いし》[2]を尋《たず》ぬ。末《すえ》の松山《まつやま》[3]は寺《てら》を造《つく》りて末《まつ》松山《しょうざん》といふ《う》。松《まつ》のあひ《い》〳〵《あい》皆墓《みなはか》はらにて、翼《はね》をかは《わ》し枝《えだ》をつらぬる契《ちぎり》の末《すえ》も、終《つい》にはかくのごときと悲《かな》しさも増《まさ》りて、塩釜《しおがま》の

中世の情《こころ》

それより野田の玉川、沖の石など歌枕をたずねる。末の松山は寺を建てて末松山という。松の間には墓がならんでいる。翼《はね》を交わし枝をつらねる契りの果てには、ついにこのように墓石になってしまうのかと悲しさがまさり、塩釜（竈）の浦にでて夕暮れの鐘の音を聞いた。五月雨が落ちていた空もいささか晴れて、夕月が幽玄に照り、籬《まがき》が島がすぐ近くに見える。漁村の小舟が漕ぎつらなって帰ってきて、魚を分ける声を聞いていると、昔の人が「綱手かなし

浦《うら》に入相《いりあい》の鐘《かね》[4]を聞《き》く。五月雨《さみだれ》の空聊《そらいささ》か晴《は》れて、夕月夜《ゆうづくよ》幽《かす》かに、籬《まがき》が島《しま》もほど近《ちか》し。蜑《あま》の小舟《おぶね》こぎつれて肴《さかな》わかつ声々《こえごえ》に、「つなでかなしも」[5]と詠《よ》みけん心《こころ》も知《し》られて、いと哀《あわ》れなり。その夜《よ》、目盲法師《めくらほうし》の琵琶《びわ》をならして奥浄瑠璃《おくじょうるり》[6]といふものを語《かた》る、

も」と詠んだ心を思い知ることができて、深い感銘を覚える。その夜盲目の法師が琵琶を掻き鳴らして奥浄瑠璃というものを語る。平家琵琶でもなく、幸若《こうわか》でもない。鄙《ひな》びたる調子で声を張り上げて歌うのが、枕に近くてやかましいのだが、さすがに田舎に残された昔ながらのやり方を忘れていないことが、殊勝に思われた。

1 六玉川の一、今、多賀城市内の小川
2 今、多賀城市八幡沖の岩。「わが袖は汐干に見えぬ沖の石の人こそ知らね乾くまもなし」二条院讃岐（千載集）

平家《へいけ》にもあらず舞《まい》にもあらず。ひなびたる調子《ちょうし》うち上《あ》げて枕近《まくらちこ》うかしましけれど、さすがに辺《へん》土《ど》の遺風《いふう》[7]忘《わす》れざるものから殊勝《しゅしょう》に覚《おぼ》える。

3 多賀城市八幡の末松山宝国寺裏の岡
4 日暮れ時につく鐘
5 「世の中は常にもがもななぎさこぐあまの小舟の綱手かなしも」源実朝（新勅撰集・羇旅）
6 仙台地方特有の古浄瑠璃
7 都を遠く離れた田舎に残された風習

午後少し早く塩釜（竈）に着いた芭蕉と曽良とは、ほんの少し休んでから、塩竈の浦、末の松山、興《おき》の井、野田の玉川、慮《おもわく》の橋、浮島等々、歌枕の地を巡っていった。

しかし、歌に詠まれた風景と現実の風景とはまったく違っていることを、またしても発見するばかりであった。

「翼《はね》を交はし枝を連《つら》ぬる契りの末も」とは、白居易の『長根歌』で有名な「比翼連理の契り」のことである。男女が深い契りを交わすということで、「古今集」のうちの東歌にも由来する。

「君をおきてあだし心をわが持たば末の松山波も越えなむ」

「松」とはもちろん「待つ」である。待つ人とてない風流人の芭蕉ではあっても、無常にさらされないわけにはいかない。歌枕の地を訪ねれば訪ねるほど、現実の形はほとんど残っていないことを、無残にも発見するばかりだ。無常という真理を認識していれば、本当は歌枕の地をわざわざ訪問することもないであろう。しかし、芭蕉はそのことを口実にして、「奥の細道」の旅にでかけてしまったのだ。そうであればこそ、芭蕉自身も無常にさらされないわけにはいかない。

永遠不変の恋を誓ったはずの歌枕の地も、松と松の間はみな墓である。人の営みは、たとえ燃えるほどの恋であろうと、時の流れの中では消滅しないわけにはいかないのである。

このあたりの芭蕉は、自ら求めるようにして、中世的な無常観の中に沈殿していく。

塩竈の浦にでると、無常の響きを伝える夕暮れの淋しい鐘の音を聞く。五月雨《さみだれ》の多い空もやや晴れて、夕月は幽かに照っている。漁師の小舟が帰ってきて魚を分けあう声が、「綱手かなしも」と詠んだ古歌を思わせる。しかも、芭蕉はここで、平家琵琶でも幸若でもない奥浄瑠璃という田舎びた語り物を、眠りつけない枕の上で聞くのである。

中世の情《こころ》に戻ったかのような一日であった。

二十二　塩釜《しおがま》

早朝《そうちょう》、塩釜《しおがま》の明神《みようじん》に詣《もう》づ。国《こく》守再興《しゆさいこう》せられて、宮柱《みやばしら》ふとしく彩椽《さいてん》きらびやかに、石《いし》の階《きざはし》九仞《きゆうじん》に重《かさな》り、朝日《あさひ》朱《あけ》の玉垣《たまがき》をかかやかす。かかる道《みち》の果《はて》、塵土《じんど》の境《さかい》まで、神霊《しんれい》あらたにましま

生死事大

早朝、塩釜（竈）の明神に参詣した。藩主伊達政宗公が再興され、社殿の柱は太く、垂木《たるき》は彩色をほどこされてきらびやかで、石の階段は高く積み重なり、朝日が朱塗りの玉垣を輝かせている。このような道の果て、国のさい果ての境界《きようがい》にまで、神霊があらたかに鎮座ましますことこそ、我が国の美風であると、なんとも貴く感じたものであった。神前に古い宝燈がある。鉄の扉の表に「文治三年和泉三郎寄進」とある。五百年来のその人の面影《おもかげ》がいま目の前に

すこそ吾国《わがくに》の風俗《ふうぞく》なれと、いと貴《とうと》けれ。神前《しんぜん》に古《ふる》き宝燈《ほうとう》あり。鉄《かね》の戸《と》びらの面《おもて》に「文治《ぶんじ》三年《ねん》和泉三郎《いずみのさぶろう》[2]寄《き》進《しん》」とあり。五百年《ねん》来《らい》の俤《おもかげ》、今目《いまめ》の前《まえ》にうかびて、そぞろに珍《めずら》し。かれは勇義忠孝《ゆうぎちゅうこう》の士《し》[3]なり。佳《か》名《めい》今《いま》に至《いた》りて、慕《した》は《わ》ずといふ《う》事《こと》なし。誠《まこと》に、人《ひと》よ

浮かんで、ただ珍しい。和泉三郎は勇・義・忠・孝をかねそなえた士である。その有名な人物を、今日に至っても慕わないということはない。本当に、人はよく道を勤め義を守らなければならないというが、そのとおりである。日はすでに正午に近い。船を借りて松島に渡った。その間、海上二里余りで、雄島の磯に着いた。

1 「有難や五十鈴の清き宮柱太しく立ちて」（謡曲・内外詣）
2 藤原忠衡
3 父の遺命に従って義経に仕え兄藤原泰

く道《みち》を勤《つと》め義《ぎ》を守《まも》るべし。「名《な》もまたこれにしたがふ《う》」[4]と言《い》へ《え》り。日《ひ》既《すで》に午《ご》にちかし。船《ふね》をかりて松島《まつしま》にわたる。その間《あい》二里《り》余《あまり》、雄島《おじま》の磯《いそ》につく。

衡と戦い自害
4 「動モスレバ謗ヲ得、名モ亦之ニ随フ」韓退之（進学解）

前日、末の松山で松林の中に散らばる墓を見て無常観に心を乱した芭蕉であるが、陸奥一の宮の塩釜（竈）神社に参拝し、ようやく心を落着かせた観がある。神社の社殿の柱は立派で太く、彩色した垂木《たるき》は彩やかで美しくて、石段は高く積み重なり、朝日が朱の玉垣を輝かせ、荘厳である。道の奥にこのような神霊が鎮座ましましていることに、芭蕉は心から安堵する。そして、ようやく平常心を取り戻したようである。

それにしても無常観という心理状態は、人の心を乱すといってよい。無常ということを思うと居ても立ってもいられないというのが、中世の知識人たちの心情であった。今ここに生じた時間は、生じた瞬間に消滅する。消滅してしまえば、永遠に取り戻すことはできないのである。こうして消えていく時間のことを考えると、恐ろしくなる。しかも、消滅していく流れはやむことはなく、小さな時間を失っているうち、やがて人生そのものの持ち時間がなくなってしまう。

そうであるなら、この無常観を積極的に使う方法はないものであろうか。

無常迅速《むじようじんそく》
生死事大《しようじじだい》

こういったのは、道元である。時はたちまち過ぎ去っていくのだから、短い人生のうちで最も大事なのは、生き死にを究めることである。ほかのことはすべて捨てても、最も大切なことだけをやりとげることができればそれでよいと、道元は考えた。

詩歌でさえも、することは必要ないと道元はいう。道元にとって、生死を究めることは、仏道修行をすることである。この道はまことに遠くて困難だ。ゆうべに道を知ればあしたに死すとも可なりなのだが、道を知ることは容易ではない。まして短い命なのである。詩歌などをつくって遊んでいる隙《ひま》はないと、道元は力強くいい放つのである。

二十三　松島《まつしま》

抑《そもそも》、ことふりにたれど、松島《まつしま》は扶《ふ》桑第一《そうだいいち》の好風《こうふう》にして、およそ洞庭《どうてい》[1]・西湖《せいこ》[2]を恥《はじ》ず。東南《とうなん》より海《うみ》を入《い》れて江《え》の中《うち》三里《り》、浙江《せっこう》の潮《うしお》[3]をたたふ。島々《しまじま》の数《かず》を尽《つく》して、欹《そばだ》つものは天《てん》を指《ゆびさ》し、伏《ふ》す

恍惚とした芭蕉

そもそも多くの先人たちにいいふるされていることであるが、松島は日本第一の美景であり、中国の洞庭湖や西湖にくらべても恥じることはない。東南より海を入れて湾の内は三里あり、かの浙江を思わせる潮を満々とたたえている。島という島をここに集めたようで、高くそびえるものは天を指差し、伏しているものは波にはらばっている。あるいは二重に重なり、三重に積み重なって、左にわかれ右に連なっている。小さな島を背負ったり抱いたりしてい

ものは波《なみ》に匍匐《はらばう》ふ。あるは二重《ふたえ》にかさなり三重《みえ》に畳《たた》みて、左《ひだり》にわかれ右《みぎ》につらなる。負《お》へ《え》るあり抱《いだ》けるあり、児孫愛《じそんあい》すがごと
4
し。松《まつ》の緑《みどり》こまやかに、枝葉《しよう》汐《しお》風《かぜ》に吹《ふ》きたわめて、屈曲《くつきよく》おのづ《ず》から矯《た》めたるがごとし。その気《け》色《しき》窅然《ようぜん》として美人《びじん》の顔《かんばせ》を粧《よそお》

て、まるで子や孫を愛しているようである。松の緑もこまやかで、枝葉は潮風に吹きたわめられ、屈曲した姿は誰かが曲げたかのように美しく出来上がっている。その景色はうっとりとするほどで、美人がなお美しく化粧をしたかのようである。これは遠い神代の昔、大山祇の神のなしたわざではないだろうか。造物主の天の仕事を、誰が筆をとって描写し、言葉によって語り尽くすことができるだろうか。

雄島が磯は地つづきに海に突き出した島である。ここには雲居禅師の

ふ《う》。ちはやぶる神《かみ》の昔《むかし》、大山祇《おおやまづみ》のなせるわざにや。造化《ぞうか》の天《てん》工《こう》、いづ《ず》れの人《ひと》か筆《ふで》をふるひ《い》詞《ことば》を尽《つく》さむ。

雄島《おじま》が磯《いそ》は地《ち》つづきて海《うみ》に出《い》でたる島《しま》なり。雲居禅師《うんごぜんじ》の別室《べっしつ》の跡《あと》、坐禅石《ざぜんいし》などあり。はた、松《まつ》の木陰《こかげ》に世《よ》をいとふ《う》人《ひと》も稀々《まれまれ》見

別室の跡や、坐禅石などがある。また松の木陰に世をいとって隠栖《いんせい》している人の姿もごく稀に見えて、落穂や松笠などを燃やす煙にうっすらと包まれている草の庵《いおり》に静かに住んでいる様子、どんな人かはわからないが、まずなつかしく感じるほど心ひかれて立ち寄るうちに、月が海に上がって昼間の景色とはまったく変わっている。海辺に帰って宿を求めると、二階は景色を見るための窓が開くようになっていて、自然の中の風や雲に包まれて旅寝をすることが、まるで仙境に身を置くような素晴し

え侍《はべ》りて、落穂《おちぼ》・松笠《まつかさ》などうち煙《けむ》りたる草《くさ》の庵《いおり》閑《しずか》に住《す》みなし、いかなる人《ひと》とは知《し》られずながら、まづ《ず》なつかしく立《た》ち寄《よ》るほどに、月海《つきうみ》にうつりて昼《ひる》のながめ又《また》あらたむ。江上《こうしょう》に帰《かえ》りて宿《しゅく》を求《もと》むれば、窓《まど》をひらき二階《かい》を作《つく》りて、風雲《ふううん》の中《なか》に旅寝《たびね》する

い心地なのであった。
松島や鶴に身を借れほととぎす
曽良（松島の絶景の中でほととぎすがしきりに鳴いている。この美しい景色の中では、ほととぎすの姿ではふさわしくない。鶴に姿を借りてこい）
私は絶景に心を奪われてしまい、句をつくることをあきらめて眠ろうとするのだが、寝ることができない。江戸の芭蕉庵を出発する時、旧友の素堂が松島の詩をつくってく

こそ、あやしきまで妙《たえ》なる心地《ここち》はせらるれ。
松島《まつしま》や鶴《つる》に身《み》を借《か》れほととぎす　曽良《そら》
予《よ》は口《くち》を閉《と》ぢて眠《ねむ》らんとして寝《い》ねられず。旧庵《きゆうあん》をわかるる時《とき》、素《そ》堂松島《どうまつしま》の詩《し》あり、原安適松《はらあんてきまつ》が浦島《うらしま》の和歌《わか》を贈《おく》らる。袋《ふくろ》を解《と》き

れ、原安適は松が浦島の和歌を贈ってくれた。頭陀袋《ずだぶくろ》を開いてそれらを取り出し、今宵の心を慰める友とする。袋の中には、杉風や濁子が贈ってくれた発句があった。

1 中国湖南省の北部の大湖
2 中国浙江省杭州市西郊の名湖
3 中国浙江省杭州湾に注ぐ銭塘江
4 「諸峰羅立シテ児孫ニ似タリ」杜甫(望嶽)

て、こよひ《い》の友《とも》とす。且《か》つ杉《さん》風《ぷう》・濁子《じょくし》が発句《ほっく》あり。


「曽良随行日記」によると、芭蕉は昼近くに塩釜（竈）神社から船にて松島に向かった。この日は快晴であった。途中、千賀ノ浦、籬《まがき》嶋、都嶋などを見て、午後に松島に着船した。茶などを飲んで瑞巌寺に参詣し、雄島に渡って雲居《うんご》禅師《ぜんじ》の坐禅堂、道心者の庵、八幡社、五大堂を訪ね、松島に戻って宿にははいっている。

「奥の細道」では、松島の後に瑞巌寺にいっていることになっているのだが、感激が極まった時には構成を自在に変えて感激を強調するのが、芭蕉の流儀である。また感動すると漢詩などの出典を追い、中国の名勝と比べるのも、芭蕉の流儀といってよい。そうであるなら、松島に芭蕉は最高の讃辞を送っているといってよい。

先日、私は洞庭湖の岳陽に遊び、杭州の西湖を訪ねてきた。現代でこそそれはまことに簡単なことなのだが、芭蕉の時代には自らの身を運んでいくことは不可能である。詩人の言葉のみを味わうのである。その分、現実の風光を見るより想像力が刺激されて、風景は新しくなる。よい言葉によって味わう風景は、現実に目の前にある風景よりも美しくて深い意味を持つこともある。

「その気色《けしき》窅然《ようぜん》として美人の顔《かんばせ》を粧《よそほ》ふ」

この意味は、その景色は見る人を恍惚とさせ、美女の上になお顔に美しい化粧をほどこしたようだという。風流人らしくない表現であり、芭蕉も謹厳な顔をしてよくそこまでいうものだと思えるほどである。これは蘇東坡《そとうば》の詩が先にあるからして、ここまでさらりといってのけられるのだ。

「若シ西湖ヲ把ッテ西子ニ比セバ、淡粧濃抹両ツナガラ相宜シ」

こうして蘇東坡と芭蕉とをならべてみるならば、こちらの理解力の問題はあるにせよ、芭蕉の詩が婉然《えんぜん》たる香りがあってよい。

恍惚とした芭蕉が微笑《ほほえ》ましい。

二十四　瑞巌寺《ずいがんじ》

十一日《にち》[1]、瑞巌寺《ずいがんじ》に詣《もうず》づ。当寺《とうじ》三十二世《せい》の昔《むかし》、真壁《まかべ》の平四郎《へいしろう》[2]出家《しゆつけ》して入唐《につとう》、帰朝《きちよう》の後開山《のちかいさん》す。その後《のち》に雲居禅師《うんごぜんじ》の徳化《とくげ》によりて、七堂甍《しちどういらか》改《あらた》まりて、金碧荘《こんぺきしよう》厳光《ごんひかり》を輝《かがや》かし、仏土成就《ぶつどじようじゆ》の大伽《だいが》

静閑の夜

十一日、瑞巌寺に詣でる。当寺の三十二世にあたる昔、真壁の平四郎が出家して入唐し、帰朝した後に、現在の禅院を開山した。その後に雲居禅師の徳化によって、七堂がことごとく改築され、金色や青に荘厳された光が輝き、仏国土が実現した大伽藍となったのである。それにつけても、かの見仏聖の寺はどのあたりにあったのだろうかと、慕われてならない。

1　五月十一日（陽暦の六月二十七日）実は九日に参詣

藍《らん》とはなれりける。かの見仏《けんぶつ》
聖《ひじり》[3]の寺《てら》はいづ《ず》くにやとしたは《わ》
る。

2 鎌倉時代の禅僧法身和尚のこと
3 平安末期の僧

前夜、芭蕉は松島で月を見ている。

「月海にうつりて昼のながめ又あらたむ」

このように書かれている。月が海に映って、昼間の景色とはまったく違っているという意味である。

こうして月の夜から禅刹《ぜんさつ》の瑞巌寺へと詣でるという流れになるのであるが、その間に一句がはいっている。

「松島や鶴に身を借れほととぎす」曽良

この意味は、美しい景色の松島に、ほととぎすが一声鳴いた。ほととぎすは声だけならばよいのだが、この松島にお前の姿はふさわしくない。もし姿を現すのなら、鶴の姿を借りてやってこい。

この風流人の心と、禅者としての心得との間には距離がある。それを分けるために、芭蕉は九日に参詣した瑞巌寺であるのに、フィクションにより「十一日、瑞巌寺に詣づ」としたのであろう。実際には十一日には、石巻から気仙沼に向かっている。

松島の気持ちを引き締め直すためには、瑞巌寺は翌日にいったということにしなければならなかったのである。私は「月海にうつりて」と書く芭蕉から、道元の「正法眼蔵《しょうぼうげんぞう》」のうち「諸法実相」の巻で描かれた情景を思い浮かべる。春三月、道元の師の如浄は深夜に太鼓を叩いて修行僧たちを集め、坐禅のために僧堂に入室する語として、「杜《と》鵑啼《けんな》き、山竹裂《さんちくさ》く」とのみいった。杜鵑とはほととぎすのことである。聞こえてくるのは、ほととぎすの声と竹が裂ける音でしかないのに、世界の実相はそこにありありと存在していることがわかる。

「この夜は微月《びげつ》わづかに楼閣《ろうかく》よりもりきたり、杜鵑しきりになくといへども、静閑《じょうかん》の夜なりき」

道元はこのように書く。ほととぎすの声だけでも、竹の裂ける音だけでも、この世界のありようを知ることはできるのだ。芭蕉が海に映る月を宿の二階から眺めている時にも、瑞巌寺の僧堂には坐禅修行中の僧たちがいたはずである。

二十五　平泉《ひらいずみ》

十二日《にち》、平泉《ひらいずみ》と志《こころざ》し、あねはの松《まつ》・緒《お》だえの橋《はし》など聞《き》き伝《つたえ》へて、人跡稀《じんせきまれ》に雉兎蒭蕘《ちとすうぎよう》の往《ゆ》きかふ《う》道《みち》、そことも分《わ》かず、終《つい》に路《みち》ふみたがへ《え》て[1]石《いし》の巻《まき》といふ《う》湊《みなと》に出《い》づ《ず》。

平泉

十二日、平泉に向けて出発し、あねはの松、緒だえの橋などがあると人に伝え聞きつつ、人跡も稀で猟師や木こりの行き交う道を、どれがどれやら見分けがつかないままにいくと、ついに道を間違えて石巻という港に出た。

かの大伴家持《おおとものやかもち》が「こがね花咲く」と詠んで帝《みかど》に歌を奉った金華山を海上に見わたし、数百の廻船が入江に集まり、人家は土地を取りあうように建て込んで、あっちこっちに竈の煙が立っている。思いがけずこのよ

「こがね花《はな》咲《さ》く」と詠《よ》みて奉《たてまつ》りたる金華山《きんかざん》海上《かいじょう》に見《み》わたし、数百《すうひゃく》の廻船《かいせん》入江《いりえ》につどひ、人家《じんか》地《ち》をあらそひて、竈《かまど》の煙立《けむりた》ちつづけたり。思《おも》ひがけずかかる所《ところ》にも来《き》れるかなと、宿《やど》からんとすれど更《さら》に宿《やど》かす人《ひと》なし。漸《ようよう》まどしき小家《こいえ》に一夜《いちや》をあかし

うに賑やかなところにきたなあと、宿を借りようとするのだが、誰も貸してくれない。ようやく貧しい小さな家で一夜を明かし、夜が明けるとまた知らない道を迷い行く。袖の渡り、尾ぶちの牧、真野の萱原などを遠くに見つつ、遥かにつづく堤をいく。心細い長い沼に沿っていき、戸伊摩というところに一泊して、平泉に到着した。その間、二十余里ほどであったかと覚える。

藤原三代の栄華も一睡のうちの夢であり、平泉館の南大門の跡は一里も彼方にあって、その建物の大きさ

て、明《あ》くれば又《また》しらぬ道《みち》まよひ《い》行《ゆ》く。袖《そで》の渡《わた》り・尾《お》ぶちの牧《まき》・真《ま》野《の》の萱原《かやはら》など、よそ目《め》に見《み》て、遥《はる》かなる堤《つつみ》を行《ゆ》く、心細《こころぼそ》き長沼《ながぬま》にそうて、戸《と》伊《い》摩《ま》といふ所《ところ》に一宿《いつしゆく》して平泉《ひらいずみ》に到《いた》る。その間《あい》二十余《よ》里《り》ほどとおぼゆ。

三代《さんだい》の栄耀《えいよう》一睡《いつすい》[2]の中《うち》にして、大《だい》

がしのばれる。秀衡の館《やかた》の跡は田野になり、金鶏山だけが形を残している。まず義経の住んでいた高館にのぼれば、南部領から流れてくる大河の北上川が望まれる。衣川は忠衡の館の和泉が城をめぐって、高館の下で大河に落ち入る。泰衡の旧跡は、衣が関を隔てた遠くにあって北の関門である南部口をしっかりと固め、蝦夷《えみし》の襲撃を防いだ、と見える。さても義経は忠義の家臣を選りすぐってこの城にこもり、たくさんの功名もはかなく消えて、今は茫漠としたくさむらになっている。「国破れて

門《もん》の跡《あと》は一里《り》こなたにあり。秀《ひで》衡《ひら》が跡《あと》は田野《でんや》になりて、金鶏《きんけい》山《ざん》のみ形《かたち》を残《のこ》す。まづ高館《たかだち》にのぼれば、北上川《きたかみがわ》南部《なんぶ》より流《なが》るる大河《たいが》なり。衣川《ころもがわ》は和泉《いずみ》が城《じょう》をめぐりて、高館《たかだち》の下《した》にて大河《たいが》に落《お》ち入《い》る。泰衡《やすひら》等《ら》が旧跡《きゅうせき》は、衣《ころも》が関《せき》を隔《へだ》てて南部《なんぶ》口《ぐち》をさし堅《かた》

山河あり、城春にして草青みたり」と杜甫《とほ》の詩を思い、笠を敷いて腰をおろし、時の過ぎゆくままに泪を流したことであった。

夏草や兵どもが夢の跡（義経や弁慶や多くの英雄がこの高館にこもって戦い、功名をたてようとしたことも夢となってしまった。今は夏草が茫々と生い繁っているばかりである。栄枯《えいこ》盛衰《せいすい》は一瞬の夢である）

卯の花に兼房みゆる白毛かな　曽

め、夷《えぞ》をふせぐとみえたり。さても義臣《ぎしん》すぐってこの城《じょう》にこもり、功名一時《こうめいいいちじ》の叢《くさむら》となる。「国破《くにやぶ》れて山河《さんが》あり、城春《じょうはる》にして草青《くさあお》みたり」と、笠《かさ》うち敷《し》きて時《とき》のうつるまで泪《なみだ》を落《おと》し侍《はべ》りぬ。

夏草《なつくさ》や兵《つわもの》どもが夢《ゆめ》の跡《あと》

良（真白に咲いている卯の花が、白髪を振り乱して奮戦した老臣の面影に見える。兼房は義経夫妻の最後を見とどけると、高館に火を放ち、その火に我が身を投じて死んだのである）
かねがね話を聞いて驚いていた中尊寺の二堂を開帳する。経堂は清《きよ》衡《ひら》、基衡《もとひら》、秀衡《ひでひら》の三将の像を残し、光堂は三代の棺を納め、阿弥陀如来と観世音菩薩と勢至菩薩を安置している。内陣を飾った七宝は散りうせ、珠玉をちりばめた扉は風に破

卯《う》の花《はな》に兼房《かねふさ》みゆる白毛《しらが》かな
曽良《そら》

かねて耳驚《みみおどろ》かしたる二堂開帳《どうかいちょう》す。経堂《きようどう》は三将《さんしょう》の像《ぞう》を残《のこ》し、光《ひかり》堂《どう》は三代《さんだい》の棺《ひつぎ》を納《おさ》め、三尊《さんぞん》の仏《ほとけ》を安置《あんじ》す。七宝《しちほう》散りうせて珠《たま》の扉《とびら》風《かぜ》にやぶれ、金《こがね》の柱《はしら》霜雪《そうせつ》に朽《く》ちて既《すで》に頽廃空虚《たいはいくうきよ》の叢《くさむら》となる

れ、金色の柱は霜や雪のために朽ちて、とうに形もないくさむらになろうとするところを、堂の四面を新たに囲み、甍で上からおおって風雨をしのいでいる。こうしていましばらくは、かろうじて千歳の記念となっている。

五月雨《さみだれ》の降りのこしてや光堂（この寺院が建立されて幾百年の間降りつづけてきた五月雨も、栄華を秘めて燦然《さんぜん》と輝いている光堂だけは、降らせないできたのであろうか）

べきを、四面新《しめんあらた》に囲《かこ》みて、甍《いらか》を覆《おおい》ひて風雨《ふうう》を凌《しの》ぐ。暫時《しばらく》、千歳《せんざい》の記念《かたみ》とはなれり。

五月雨《さみだれ》の降《ふ》りのこしてや光《ひかり》堂《どう》

1 「みちのくの緒絶えの橋やこれならむ踏みみ踏まずみ心まどはす」（類字名所）
2 黄粱一炊の夢の故事を脚色した謡曲「邯鄲」による

松島、平泉と、芭蕉の詩心が高揚する見せ場がつづく。藤原三代の栄華は一睡の中にあり、草がすべてをおおいつくしている。諸行無常とは、釈迦の認識である。無常はもちろん釈迦の以前からあった真理なのだが、釈迦が諸行無常といった時、はじめて人は無常観にさらされたのである。釈迦の認識の内容こそが、仏教なのだ。

因（原因）という種があり、縁（条件）が働いて、果（結果）という現象が現れてくる。因は一定ではなく、縁もたえず変わっていくから、固定された果などそもそもあり得ない。永遠を求める心があり、それがかなえられないからこそ、悲傷が生まれる。こうしてある現在も、たちまち過去となる。生は、死となる。石に刻んだ文字は風化して読みとれなくなるが、紙に書かれた芭蕉の句は人から人へと書きとられていき、永遠の生命を保っているかのように見える。無常を悲しんだ言葉が、ほぼ永遠の生命を持っていることが、皮肉というよりも悲傷なのである。

「夏草や兵《つわもの》どもが夢の跡」

大きな情景をまっすぐに吟じた名句である。諸行無常という真理に、たじろがず正面から向かいあっている芭蕉の姿勢がよい。ここでの芭蕉は、草の上に腰をおろし、太陽のもとに自分の身体も内面もさらしているのだ。芭蕉の無数の句のうち、最も正面からこの世を吟じた作であろう。このような大手腕を衒《てら》いも自己卑下もなくふるうことができるのは、もちろん「国破れて山河あり、城春にして草青みたり」の詩があったからである。中国の雄渾《ゆうこん》な詩人の力を借り、この時の芭蕉に湿った感傷はない。芭蕉は俳句の可能性を大いに開いているといえる。

そこにいくと、「卯《う》の花に」の曽良の句は、もちろん悪くはないのだが、やはり通常の俳句である。同じものを見ているわけで、そこが天才芭蕉との違いであるとしかいいようがない。

二十六　尿前《しとまえ》

南部道《なんぶみち》遥《はる》かに見《み》やりて、岩手《いわで》の里《さと》に泊《とま》る。小黒崎《おぐろさき》・美豆《みず》の小島《こじま》を過《す》ぎて、鳴子《なるご》の湯《ゆ》より尿前《しとまえ》の関《せき》にかかりて、出羽《でわ》の国《くに》に越《こ》えんとす。この路旅人《みちたびびと》稀《まれ》なる所《ところ》なれば、関守《せきもり》にあやしめられて、

お前は誰か

南部へとつづく道を遥かに眺めていき、岩手の里に泊った。小黒崎、美豆の小島などの歌枕を過ぎて、鳴子の湯から尿前の関にかかって、出羽の国に越えようとする。この道は旅人が稀にしか通らないところなので、関所の番人に怪しいと思われ、やっとのことで関を越えた。大山を登っていくうち日はすでに暮れたので、封人（国境の番人）の家を見かけて宿をたのんだ。ところがここで三日間暴風雨になり、なんの由緒もない山中に逗留することになった。

漸《ようよう》として関《せき》を越《こ》す。大山《たいざん》をのぼって日既《ひすで》に暮《く》れければ、封人《ほうじん》の家《いえ》を見《み》かけて舎《やどり》を求《もと》む。三日《みつか》風雨《ふうう》あれて、よしなき山中《さんちゆう》に逗《とう》留《りゆう》す。
蚤虱馬《のみしらみうま》の尿《しと》する枕《まくら》もと
あるじの言《い》ふ、これより出羽《でわ》の国《くに》に大山《たいざん》を隔《へだ》てて、道《みち》さだかな

蚤虱《のみしらみ》馬の尿する枕もと（床に横になっていると、蚤や虱にたかられて眠ることができない。おまけに枕元には馬が尿をする音まで聞こえる。風流とは遠い、なんともわびしいことになってしまったことよ）
この家の主人がいうには、ここから出羽の国にでるには大きな山があり、道もはっきりしないから、道案内を頼んで越えていったほうがよいということである。それならばと人を頼んだところ、いかにも屈強な若

らざれば、道《みち》しるべの人《ひと》を頼《たの》みて越《こ》ゆべきよしを申《もう》す。さらばと言《い》ひ《い》て、人《ひと》を頼《たの》み侍《はべ》れば、究《くっ》竟《きょう》の若者反脇指《わかものそりわきざし》をよこたへ《え》、樫《かし》の杖《つえ》を携《たずさ》へ《え》て、我々《われわれ》が先《さき》に立《た》ちて行《ゆ》く。今日《きょう》こそ必《かなら》ずあやふ《う》きめにもあふ《う》べき日《ひ》なれと、辛《から》き思ひ《おもい》をなして後《うしろ》について行《ゆ》く。

者が反脇指を腰に横たえ、樫の杖を携えて、私たちの先に立って歩いていった。今日という今日こそ必ず危いめにあうに違いないと、つらい思いをしてうしろについていく。主人のいったことに違わず、高山は森々として樹木が生い繁り、鳥の声ひとつ聞かない。木の下闇は枝が繁りあい、夜道をいくかのようである。雲の端から風が土を吹きおろすという意味の杜甫《とほ》の詩そのままの心地がして、篠の中を踏み分け踏み分け、渓流を渡り、岩につまずき、肌に冷たい汗を流して、ようやく最上の庄に

あるじの言ふ《いう》にたがは《わ》ず、高山《こうざん》森々《しんしん》として一鳥声《いつちようこえ》きかず[1]、木《こ》の下闇《したやみ》茂《しげ》りあひ《い》て夜行《よるゆ》くがごとし。雲端《うんたん》[2]につちふる心地《ここち》して、篠《しの》の中踏《なかふ》み分《わ》け〳〵水《ふみわけみず》をわたり岩《いわ》に蹶《つまず》いて、肌《はだ》につめたき汗《あせ》を流《なが》して最上《もがみ》の庄《しよう》に出《いず》づ。かの案《あ》内《ない》せし男《おのこ》の言ふ《いう》やう《よ》「この道《みち》

でた。案内してくれた男がいうには、「この道では必ず思いもかけない悪いことが起きるのですが、今日は無事に送ることができて、安心いたしました」と、喜んで別れた。あとになって聞いてさえ、胸がどきどきする。

1 「一鳥鳴かず山更に幽なり」（禅林句集ほか）
2 「已ニ風磴ニ入リテ雲端ニ霾ル」杜甫（杜律集解・鄭附馬潛曜宴洞中）

必《かなら》ず不用《ぶよう》の事《こと》あり。恙《つつがの》なう送《おく》りまゐ《い》らせて仕合《しあわせ》したり」と、悦《よろこ》びて別《わか》れぬ。後《あと》に聞《き》きてさへ《え》胸《むね》とどろくのみなり。

芭蕉が泊ったとされる封人の家は、国道の際に今も残っている。芭蕉は仙台領から出羽の国にはいるのに、尿前の関の関守に怪しまれ、やっとのことで関を越し、出羽の新庄藩の堺田村《さかいだむら》にある庄屋の家にたどり着いたのである。
怪しまれるのも当然ではないかと私は思う。そもそも芭蕉の旅は内的な必然性からでたものであって、誰にも理解できるというようなはっきりとした目的があるわけではない。当時の旅は、選ばれたものにしか許されなかった。武士が旅をするのは、参勤交代の藩主についていくとか、公用であるとか、ゆるぎのない目的があったのである。

土地にしばりつけられている農民なら、名主が藩に旅の許可願いを提出し、許可になってようやく通行手形がでる。行商人、旅役者など、旅は専門家によって担《にな》われていた。通行手形のないものは、原則的に旅を禁じられていたが、そこには裏があり、関所のない裏街道というものがあった。裏があるということは、融通無碍《ゆうずうむげ》のやさしさがあるということである。お目こぼしというのが、必ずあったのだ。

それでは芭蕉の旅はどうだろうか。歌枕の名所を訪ね、吟行をしつつ、俳諧の仲間と交遊する。そう説明したところで、風流を解すわけでもない関所の役人に、理解することができたであろうか。芭蕉の旅とは、庶民には理解が遠くおよばない高踏的なものだ。

そのことをいやというほど味わわされた芭蕉は、自己の存在というものを、三日間暴風雨によって閉じ込められた封人の家で、深く噛みしめたのではないだろうか。

「蚤虱《のみしらみ》　馬の尿《しと》する枕もと」

この句は、芭蕉の自虐の思いを吟じたと、私には思える。

二十七　尾花沢《おばねざわ》

尾花沢《おばねざわ》にて清風《せいふう》といふ者《もの》を尋《たず》ぬ。かれは富《と》める者《もの》[1]なれども、志《こころざし》いやしからず。都《みやこ》にも折々《おりおり》かよひ《い》て、さすがに旅《たび》の情《なさけ》をも知《し》りたれば、日比《ひごろ》とどめて長途《ちょうど》のいたは《わ》りさまざまにもてなし

涼しさの宿

尾花沢に清風というものを訪ねた。彼は富んでいる人であるが、志のいやしい人物ではない。都にも折々に通って、さすがに旅の情も知っているから、何日も私たちを引きとどめてくれて、長旅のいたわりにさまざまにもてなしてくれる。

涼しさを我が宿にしてねまるなり
（この家の主人の清風は、その名のとおり清涼な心の持ち主だ。その主人の心情のとおりに涼しいこの部屋を宿にして、私は気安く土

侍《はべ》る。
涼《すず》しさを我《わ》が宿《やど》にしてねまるなり
這《は》ひ出《いい》でよ飼屋《かいや》[2]が下《した》のひきの声《こえ》
まゆはきを俤《おもかげ》にして紅粉《べに》の花《はな》
蚕飼《こがい》する人《ひと》は古代《こだい》の姿《すがた》かな

地の言葉で「ねまる」というとおり、ごろごろしている)
這ひ出でよ飼屋が下のひきの声(古代そのままの様子で蚕を飼っている飼屋の下で、万葉集の歌のようにひきがえるが鳴いている。ひきがえるよ、そんなところにいないで、ここに這い出して姿を見せておくれ)
まゆはきを俤にして紅粉《べに》の花(紅《べ》粉《に》花《ばな》は女性の口紅となるのだが、女性が化粧に使う眉掃きにも形が

似ていて、なかなかになまめかしい花であることよ）

曽良《そら》

蚕飼する人は古代の姿かな　曽良
（養蚕は古代からつづいているのだが、蚕飼いをする人も古代の姿をしていて、神々しくも清楚であることよ）

1
「人は己れをつづまやかにし、奢りを退けて財を持たず、世をむさぼらざらむぞいみじかるべき、昔より賢き人の富めるは稀れなり」吉田兼好（徒然草）
2
「朝霞かひやが下に鳴くかはづ声だに聞かばわれ恋ひめやも」（万葉集）など

尾花沢にきて、なんとなく芭蕉は迷いを晴らして立ち直ったようである。訪ねた清風は、通称島田屋八右衛門といい、富裕な紅花問屋である。富んだものではあるのだが、金に媚《こ》びず、志は卑《いや》しくない。昔から俳諧を嗜《たしな》み、その縁で芭蕉と知りあったのである。

清風は折にふれ江戸にも通い、旅の情を知っている。旅の情とは、難儀と孤独である。芭蕉は長旅の苦労をいたわられて、心から安堵《あんど》したのである。

この直前には、俳諧など解すはずもない関守に怪しまれ、詰問され、おそらくプライドを傷つけられてしどろもどろになり、やっとのことで関を越した。ようやくたどり着いた封人の家では、三日間も暴風雨に閉じ込められ、粗末な寝床では蚤や虱に苦しめられ、同じ屋根の下にいる馬の小便をする音まで枕元に聞こえる始末《しまつ》だ。快適な空間というにはほど遠かったろう。

ようやく雨は上がったはいいが、森は鳥の声も聞こえないほどに深く、道もよくわからない。案内人をたのんでようやく最上の庄にでたものの、このあたりは山賊《さんぞく》などが多いからよく無事でこられて幸せでしたねと、案内の男にいわれる。

芭蕉はさんざんな思いをして尾花沢にでて、清風に会う。清風がさぞや風雅な知識人に思えたことであろう。実際の清風よりも、芭蕉はその心境から少々美化しているかもしれない。もちろんすべからく詩の世界は唯心論であるからこそ、気持ちの高まりはこれでよいのである。

「涼しさを我が宿にしてねまるなり」

この句は、草鞋《わらじ》の緒《お》を解いて清風邸にくつろぐ芭蕉の、心から安堵している姿がうかがえてほほえましい。清風邸には涼しい風が吹き入り、芭蕉はわが家にいるような心地で寝そべっている。「奥の細道」の道中で、芭蕉が最もくつろいでいるシーンである。

二十八　立石寺《りゆうしやくじ》

山形領《やまがたりよう》に立石寺《りゆうしやくじ》といふ《う》山寺《やまでら》あり。慈覚大師《じかくだいし》の開基《かいき》にして、殊《こと》に清閑《せいかん》の地《ち》なり。一見《いつけん》すべきよし人々《ひとびと》のすすむるによりて、尾《お》花沢《ばねざわ》よりとつて返《かえ》し、その間《かん》七里《り》ばかりなり。日《ひ》いまだ暮《く》れ

蝉の声と香り

山形領内に立石寺という山寺がある。慈覚大師の開基で、ことに清閑の地である。一見したほうがよいと人々がすすめるので、尾花沢から引き返したのだが、その間は七里ばかりであった。まだ日も暮れていないので、山麓の宿坊に宿をとっておいて、山上の僧堂にのぼった。岩に大岩を重ねて山となし、松柏も老木で、土にも石にも歳月がついて苔に滑らかにおおわれている。岩の上に建てられた多くの寺院は扉を閉じて、物音も聞こえない。崖のはしを

ず。麓《ふもと》の坊《ぼう》に宿《やど》かり置《お》きて、山《さん》上《じょう》の堂《どう》にのぼる。岩《いわ》に巌《いわお》を重《かさ》ねて山《やま》とし、松柏《しょうはく》年旧《としふ》り、土石《どせき》老《お》いて[1]苔滑《こけなめ》らかに、岩上《がんじょう》の院々《いんいん》扉《とびら》を閉《と》ぢて物《もの》の音《おと》きこえず。岸《きし》をめぐり岩《いわ》を這《は》ひて仏閣《ぶっかく》を拝《はい》し、佳景寂莫《かけいじゃくまく》として心澄《こころす》みゆくのみ覚《おぼ》ゆ。

めぐり、岩を這い登り、仏閣を拝せば、まわりの景色は静寂に満たされ、心が澄み渡っていくのを感じる。
閑さや岩にしみ入る蟬の声（あまりの静かさのため、蟬の鳴く声さえ、岩の中に染み透っていくようである。自分の心もまた、この大自然の中に染み透っていくのである）

1 「御堂奉加の辞に曰、竹樹密に土石老いたりと」（芭蕉俳文）

閑《しずか》さや岩《いわ》にしみ入《い》る蟬《せみ》の声《こえ》

道元は師如浄和尚を木犀《もくせい》の花にたとえている。その教えが、木犀の花の香りのようにかぐわしく、高貴であったからだ。仏の教えとは、目で見えるものではない。木犀の香りも、見ることはできない。

「閑さや岩にしみ入る蟬の声」

「奥の細道」におさめられた句のうち、一番の名句であると私は思う。「蟬」という文字がその形から「禅」という字に私には見える。芭蕉はここで禅の神髄について語っているのだという解釈も、成り立つのではないだろうか。

立石寺の境内に流れている蟬の声を、香りと感じたらどうだろう。透明ではあるが少し湿気った夏の日盛りの空気の中を、蟬の声がまるで高貴な香りのように流れている。立石寺の夏の景色は、ただあるがままにしてある自然である。自然は、己がどうしたいどうありたいという執着もない。ただそこにあるようにしてある。すべてが満ち足り、何ひとつ欠けるものもなく、完璧である。

その完璧な風景の中に、過剰も不足もなく完璧におさまっている蟬は、真理の中にただ身をゆだねている。その蟬こそ、さとった存在であるといえるのだ。さとっている自分の姿を意識していれば、それはさとっているとはいえない。そんなことも考えず、蟬はただ鳴いている。さとっている蟬の鳴く声とは、円《まど》かにそこに存在する自然そのものなのだ。

香りは確かに存在するのだが、手でつかめるわけではなく、目で見えるわけではない。香りとは物質にすぎないのだという認識もあるだろう。しかし、それはあくまで現象の認識でしかない。宗教的感興でも、文学的喜びでもない。しかし、この香りは魂にまで届くのだ。魂とは物質として存在しないものだ。

香りとは、禅でいうさとりである。自然の中でさとった蟬は、その声もそこいら中に遍在し、岩の中でも空気中と同じように存在する。

二十九　最上川《もがみがわ》

最上川《もがみがわ》乗らんと、大石田《おおいしだ》といふ《う》所《ところ》に日和《ひより》を待《ま》つ。ここに古《ふる》き俳《はい》諧《かい》の種《たね》こぼれて、忘《わす》れぬ花《はな》の昔《むかし》をしたひ、芦《い》角《ろ》一声《かくいつせい》の心《こころ》をやは《わ》らげ、この道《みち》にさぐり足《あし》して新《しん》古《こ》ふた道《みち》に踏《ふ》みまよふ《う》といへ《え》ど

川の本性

最上川を舟で下ろうと、大石田というところで天気待ちをする。「ここには古風の俳諧の種がこぼれ、今も忘れず花のようによき昔をしたい、辺土に住む民の心をやわらげ、闇夜に足で探るような具合で新旧ふたつの道をどちらにしようか踏み迷っているけれども、どうしてもとるべき道を示してくれる人がいません」。そのように迫られ、やむにやまれず連句一巻を残すことになった。須賀川で「風流の初めや」と詠んだとおり、風流はここに究まった

も、みちしるべする人《ひと》しなければと、わりなき一巻《ひとまきのこ》残しぬ。このたびの風流《ふうりゅう》ここに至《いた》れり。最《も》上川《がみがわ》は、みちのくより出《い》でて、山形《やまがた》を水上《みなかみ》とす。碁《ご》点《てん》・隼《はやぶさ》[1]などいふ《う》恐《おそ》ろしき難所《なんじょ》あり。板敷《いたじき》山《やま》の北《きた》を流《なが》れて、果《はて》は酒田《さかた》の海《うみ》に入《い》る。左《さ》右山覆《ゆうやまおおい》ひ、茂《しげ》みの中《なか》

感がある。最上川は陸奥《みちのく》を水源とし、山形を上流とする。碁点、隼などの名のついた恐ろしい難所がある。板敷山の北を流れて、最終的には酒田の海にはいる。左右は山が覆うように迫り、茂みの中を舟は下っていく。これに稲を積めば、それを稲舟というようである。白糸の滝は青葉の隙間《すきま》に落ちて、仙人堂は川岸に臨んで立っている。水が満々とみなぎっているので、舟も危険であった。

五月雨をあつめて早し最上川　(五

に船《ふね》を下《くだ》す。これに稲《いね》つみたるをや稲船《いなぶね》[2]といふ《う》ならし。白糸《しらいと》の滝《たき》は青葉《あおば》の隙々《ひまひま》に落《お》ちて、仙《せん》人堂岸《にんどうきし》に臨《のぞ》みて立《た》つ。水《みず》みなぎつて舟《ふね》[3]あやふ《う》し。

五月雨《さみだれ》をあつめて早《はや》し最上川《もがみがわ》

月雨を集めて水嵩《かさ》を増し、ごおごおと騒ぎながら、素早い水勢で流れていく最上川よ）

1 岩の点在、隼は急流
2 東歌「最上川のぼればくだる稲舟のいなにはあらずこの月ばかり」（類字名所）
3 「秋の水みなぎり落ちて去る舟の……」（謡曲・江口）

最上川を酒田に下る船待ちをして、大石田というところに滞在していた。「ここに古き俳諧の種こぼれて、忘れぬ花の昔をしたひ」とあるとおり、この地にはふとした縁で俳諧が伝わってきた。俳諧のその結びつきが、芭蕉の頼みとするところである。「花の昔をしたひ」とは、昔の風雅のあとを慕ってという意味である。ここには風雅の道は昔のほうがすぐれていたという、根本認識がある。

しかしながら人間の性《さが》として、いつも同じ時間が流れていくのが耐えられない。同じものであってもそれで満足できれば、それを完成という。人は自分のほうで絶えず変わっているのだから、身のまわりにも変容を求め、たとえどんなに稚拙であっても変化の嵐が寄せる。

辺地である大石田でも、人の心を風雅にやわらげるには俳諧が必要で、古風と新風の二派がある。都市のように激しい対立があるというほどではないにせよ、暗夜にさぐり足をするかのようにみんな迷っている。江戸の図式が、多少変更されることはあるにせよ、この辺土にまで影響がおよんでいる。しかもこの地にはよい師匠がいないので、その手本にもすべきと、芭蕉はやむにやまれず乞われて連句一巻を巻いた。その発句はこうである。

「五月雨をあつめて涼し最上川」

「涼し」という句には、混沌とした俳諧の世界で、最上川のほとりで一巻を巻している自分たちの連句こそまことに爽やかで涼しいという気負いがある。だが連句の発句という以上どうしても挨拶の意味がある。ここには地方の俳壇でよいものを見い出したという喜びもある。この句を一言だけ変えたのが、後世に残った名句である。

「五月雨をあつめて早し最上川」

こうすることによって、単なる内輪話が、豪雨の風景と正面から対峙《たいじ》し、川の本性に迫る激しい句に生まれ変わるのである。

三十　出羽《でわ》三山《ざん》

六月三日《がつみつか》、[1]羽黒山《はぐろさん》に登《のぼ》る。図司《ずし》左吉《さきち》といふ者《もの》を尋《たず》ねて、別当代《べっとうだい》会覚阿闍梨《えがくあじやり》に謁《えつ》す。南谷《みなみだに》の別院《べついん》に舎《やど》して憐愍《れんみん》の情《なさけ》こまやかにあるじせらる。
四日《よっか》、本坊《ほんぼう》において俳諧興行《はいかいこうぎょう》。

月と太陽

六月三日、羽黒山に登る。図司左吉という者を尋ねて、別当代会覚阿闍梨に拝謁《はいえつ》する。阿闍梨は私たちを南谷の別舎に泊るようにはからい、いつくしみの情もこまやかに応待してくださった。
四日、本坊において俳諧興行をする。

ありがたや雪をかをらす南谷　（なんとありがたいことであろうか。羽黒山の南谷別院では、ほかのどんな場所とも違って夏の残雪が香

ありがたや雪《ゆき》をかを《お》らす南《みなみ》谷《だに》[2]
五日《いつか》、権現《ごんげん》に詣《もう》づ《ず》。当山開闢能《とうざんかいびやくのう》除大師《じよだいし》は、いづ《ず》れの代《よ》の人《ひと》といふ《う》ことを知《し》らず。延喜《えんぎ》式《しき》に「羽《う》州里山《しゆうさとやま》の神社《じんじや》」とあり。書写《しよしや》、「黒《くろ》」の字《じ》を「里山《さとやま》」となせるにや。羽州黒山《うしゆうくろやま》を中略《ちゆうりやく》して羽《は》

り、清らかな気配に満ちている）
五日、羽黒権現に詣でる。当山開山の能除大師は、いつの時代の人とも知れない。延喜式には「羽州里山の神社」と記されている。書写をする際に誤り、「黒」の字を「里山」としてしまったのだろうか。羽州黒山を中略にして、羽黒山といったのであろうか。出羽というのは、「鳥の毛羽をこの国の貢物として献上した」と「風土記」に書いてあるということだ。羽黒山に、月山、湯殿山をあわせて三山とする。この寺は、

黒山《ぐろやま》といふにや。出羽《でわ》といへるは、「鳥《とり》の毛羽《もうう》をこの国《こく》の貢《みつぎもの》に献《たてまつ》る」と風土記《ふどき》に侍《はべ》るとやらん。月山《がつさん》・湯殿《ゆどの》を合《あわ》せて三山《さんざん》とす。当寺武江東叡《とうじぶこうとうえい》に属《ぞく》して、天台止観《てんだいしかん》の月明《つきあき》らかに、円頓融《えんどんゆ》通《づう》の法《のり》の灯《ともしび》かかげそひ《い》て、僧《そう》坊棟《ぼうむね》をならべ、修験行法《しゅげんぎょうぼう》を励《はげ》ま

武蔵国江戸の東叡山寛永寺に所属して、天台止観の真理は月のように曇りもなく明らかで、円頓融通の法の灯をかかげている。僧坊は棟をならべてつらなり、修験行法を厳しく修め、霊山霊地としての効力は、人々が貴びかつ畏《おそ》れるところである。繁栄は永遠につづく、まことにめでたい御山というべきである。

八日、月山に登る。木綿しめを身にひきかけ、宝冠で頭を包み、強力というものに案内されていった。雲が流れ霧が立ち込める山気の中に氷雪を踏んで登ること八里、さらにこ

し、霊山霊地《れいざんれいち》の験効《げんこう》、人貴《ひととうと》び且《か》つ恐《おそ》る。繁栄《はんえい》長《とこしなえ》にしてめでたき御山《おやま》と謂《いい》ひつべし。

八日《ようか》[3]、月山《がっさん》にのぼる。木綿《ゆう》しめ身《み》に引《ひ》きかけ、宝冠《ほうかん》に頭《かしら》を包《つつ》み、強力《ごうりき》といふものに導《みちび》かれて、雲霧《うんむ》山気《さんき》の中《なか》に氷雪《ひょうせつ》を踏《ふ》んで登《のぼ》ること八里《り》、更《さら》に日月《にちがつ》行《ぎょう》

の身は太陽や月の軌道の通る雲の関にはいるかと怪しまれた。息も絶え絶えに身もこごえ、頂上に到達すると、太陽は沈んで月が現れた。山小屋では笹を敷き、篠を枕とし、臥して夜が明けるのを待つ。日が出て、雲が消えたので、湯殿山に下った。

谷の片隅に鍛冶小屋がある。その昔、出羽国の刀鍛冶が、霊験あらたかな霊水を求めてこの地を選び、ここに身心を清めて剣を打ち、ついに「月山」と銘を刻んで世に賞讃された。かの中国では呉山の龍泉に焼いた刀身をいれて鋼を鍛え刀を打った

道《どう》の雲関《うんかん》に入《い》るかとあやしまれ、息絶《いきた》え身《み》こごえて頂上《ちようじよう》に到《いた》れば、日没《ひぼつ》して月顕《つきあらわ》る。笹《ささ》を敷《し》き篠《しの》を枕《まくら》として、臥《ふ》して明《あ》くるを待《ま》つ。日出《ひい》でて雲消《くもき》ゆれば湯殿《ゆどの》に下《くだ》る。

谷《たに》の傍《かたわら》に鍛冶小屋《かじごや》といふあ《う》り。この国《くに》の鍛冶《かじ》、霊水《れいすい》を撰《えら》び

という話があるが、そのことを実行した干将や莫耶の昔をしたうものである。道を究めるものの執念の浅からぬことが知れる。岩に腰をかけてしばらく休んでいると、三尺ばかりの桜がつぼみを半ば開いていることに気づいた。降り積もる雪の下に埋れながら、春を忘れぬ遅桜の花の心はやむにやまれぬものがある。禅でいうところの、炎天の梅花がここに香っているかのようだ。行尊僧正が大峰山に詣でて思いがけず桜の咲いているのを見て、「もろともにあはれと思へ山桜花よりほかに知る人も

て、ここに潔斎《けつさい》して剣《つるぎ》を打《う》ち、終《つい》に「月山《がつさん》」と銘《めい》を切《き》つて世《よ》に賞《しよう》せらる。かの龍泉《りようせん》[4]に剣《つるぎ》を淬《にら》ぐとかや、干将《かんしよう》・莫耶《ばくや》の昔《むかし》をしたふ《う》。道《みち》に堪能《かんのう》の執《しゆう》あさからぬことと知《し》られたり。岩《いわ》に腰《こし》かけてしばし休《やす》らふ《う》ほど、三尺《じやく》ばかりなる桜《さくら》のつぼみ半《なか》ばひらけるあ

なし」と詠んだ歌のあわれもここに思い出され、なお感銘深く感じられた。全体においては、湯殿山の山中の詳細は、行者の決まりとして他言することを禁じてある。よって筆を控えて記さない。
宿坊に帰ると、阿闍梨の求めによって、三山巡礼の句々を短冊に書いた。

涼しさやほの三日月の羽黒山

（羽黒山の山中で、日が暮れると木立が静まりわたり、空気も澄んで、涼しくなっている。その空に三日

り。降《ふ》り積《つ》む雪《ゆき》の下《した》に埋《うず》もれて春《はる》を忘《わす》れぬ遅桜《おそざくら》の花《はな》の心《こころ》わりなし。炎天《えんてん》の梅花《ばいか》ここにかを《お》るがごとし。行尊僧正《ぎょうそんそうじょう》の歌《うた》の哀《あわれ》もここに思《おも》ひ《い》出《い》でて、なほ《お》まさりて覚《おぼ》ゆ。惣《そう》じて、この山中《さんちゅう》の微《み》細《さい》、行者《ぎょうじゃ》の法式《ほうしき》として他言《たごん》することを禁《きん》ず。よって筆《ふで》をとどめ

月が淡い光を放って浮かんでいる。神威を感じさせる景色である）

雲の峰幾つ崩れて月の山（夏の光の中に入道雲が山のように幾つも立っている。この雲の峰が幾つ崩れると、月山になるのであろうか。天が崩れてできたような、気宇壮大な月山であることよ）

語られぬ湯殿にぬらす袂かな（行者の定めとしては、湯殿山のことは語ってはいけないことになって

て記《しる》さず。坊《ぼう》に帰《かえ》れば、阿闍梨《あじゃり》の需《もと》めによりて、三山順礼《さんざんじゅんれい》の句々短冊《くくたんじゃく》に書《か》く。

涼《すず》しさやほの三日月《みかづき》の羽黒山《はぐろやま》
雲《くも》の峰幾《みねいく》つ崩《くず》れて月《つき》の山《やま》
語《かた》られぬ湯殿《ゆどの》にぬらす袂《たもと》かな
湯殿山銭《ゆどのさんぜに》ふむ道《みち》の泪《なみだ》かな
曽良《そら》

いる。語ることはできなくても、私は感激でいっぱいで、涙が流れて袂が濡れる）
湯殿山銭ふむ道の泪かな　曽良
（湯殿山には地面にたくさんの賽《さい》銭《せん》が落ちている。ここでは地面に落ちたものを拾ってはいけないことになっているのだ。俗世間の銭を踏んで歩きながら、俗を超えた湯殿山のありがたさに、涙がこぼれてくることよ）

1 陽暦七月十九日
2 「薫風南ヨリ来ル」（禅林句集）
3 実は六日　陽暦七月二十二日
4 中国汝南西平県にあった霊泉

羽黒山の羽黒権現《ごんげん》の本地《ほんじ》は正観音である。つまり、正観音菩薩が垂迹《すいじゃく》して羽黒神としてこの世に権現したということだ。

羽黒山の開山は能除大師である。能除大師は崇峻天皇の第三皇子の蜂子皇子《はちこのみこ》のことで、聖徳太子には従兄にあたる。父崇峻天皇は時の権力者蘇我馬子大臣《おおおみ》に敵対する姿勢を見せたため、諸臣の目の前で斬殺《ざんさつ》されたと伝えられる。

能除大師が大和を逃れたのは、一説によれば聖徳太子の手引きによってだとされている。能除大師は北陸から奥州を流浪し、般若心経を信奉して能除一切苦の文言をことにあがめたので、能除と呼ばれた。

猟師が羽黒山中を獣を追って歩いている時、読経の声が聞こえた。不思議に思って近づいていくと、苔むした岩が般若心経を読誦している。その声の主こそ、羽黒山中を開いた能除大師であったのだ。

後に月山を開いた能除大師は、奥州出羽の地に一大宗教世界を展開した。一方、大和にあって摂政として天下の政事《まつりごと》をした聖徳太子は、日出ずる国の皇子《みこ》として太陽のような存在であった。この月と太陽と、天皇家の太子がこの国の宗教地図を東西で構成していたのだといえる。

霊山羽黒の奥の院ともいうべきところが、月山である。芭蕉は六月に強力に導かれて月山に登ったのだが、息絶え身凍えて山頂に至り、よい月を眺めたようである。笹を敷き、篠を枕にして、凍えながら夜が明けるのを待った。相当難儀な修行をしたようである。

私も九月の月山に登ったことがある。折悪しく荒天の日で、びゅうびゅうと吹く風に冷たい雨がまじっていた。足元が見えるうち、霧に包まれた月山神社に参拝することができた。そんな日なのに、行者の姿を幾人も見かけた。難儀なほうが修行にはなるのだが、自分の姿は勘定にいれず、私には頭が下がる思いがしたのであった。

三十一　酒田《さかた》

羽《は》黒《ぐろ》を立《た》ちて鶴《つる》が岡《おか》の城下《じょうか》、長《なが》山氏重行《やまうじじゅうこう》といふ武士《もののふ》の家《いえ》に迎《むか》へられて、俳諧一巻《はいかいひとまき》あり。左《さ》吉《きち》もともに送《おく》りぬ。川舟《かわぶね》に乗《の》りて酒《さか》田《た》の湊《みなと》に下《くだ》る。淵庵不玉《えんあんふぎょく》といふ医師《くすし》のもとを宿《やど》とす。

体調を崩す

羽黒を立ち、鶴が岡の城下の長山氏重行という武士の家に迎えられ、俳諧一巻を巻く。左吉もともに送ってくれた。川舟に乗って酒田の湊に下った。淵庵不玉という医師の家を宿とする。

あつみ山や吹浦かけて夕すずみ
(温海山《あつみ》はその名のとおり暑そうな山だが、吹浦という涼しげな名もある。温海山から吹浦への風景を一望のもとに見渡しながら、雄大な夕すずみをしていることよ)

あつみ山《やま》や吹浦《ふくうら》かけて夕《ゆう》すずみ
暑《あつ》き日《ひ》を海《うみ》に入《い》れたり最上川《もがみがわ》

暑き日を海に入れたり最上川（燃えている熱い夕日が海に沈んでいく。最上川は太陽までも呑み込んで流れていく。日が沈むと、涼しくなった）

このあたりは出羽三山と象潟と、高揚した気分の山場がつづく。また三山を走った疲れが出て、芭蕉は体調を崩したようである。現代の月山登山は五合目まで車ではいることができるのだが、芭蕉の時代には羽黒山から月山まで長いアプローチをいき、湯殿山に下りてからも、羽黒山までは遠い。四十六歳の年齢ではあるが当時老年に数えられた芭蕉にとって、容易な山走りではなかったのだ。

羽黒山から鶴岡までは長い坂道を下っていく。芭蕉は馬の背の上で疲れ切った身体を休ませていたのだろう。鶴岡の庄内藩士百石取りの長山五郎右衛門邸にはいるのだが、腹具合でも悪かったのか粥《かゆ》を望み、日中は眠っている。夜になって歌仙を巻きはじめ、芭蕉は「めづらしや山を出羽《いでは》の初茄子《はつなすび》」の発句を詠んだところで中断し、村雨の降る翌日は体調を崩し、その翌日は昼頃になって晴れ、歌仙もようやく巻き終えることができた。

その翌日、川舟で最上川を酒田まで下り、庄内藩侍医の淵庵不玉《ふぎょく》という医師の家に宿泊した。不玉は本名を伊東玄順といい、医号は淵庵、俳号が不玉である。蕉門の俳人で医家であったから、芭蕉も心易く静養することができたにちがいない。

芭蕉の足跡を見ていくと、蕉門の門人がいたかどうかはともかく、各地に俳人がいて、ネットワークができていたようである。藩士や藩の侍医や富裕な商人などがメンバーであった。地方の文化は中央とどのような形でか結びついていて、人の精神を柔和にしていたのである。地方の文化は相当に高かったといえる。だからこそ、芭蕉は孤高の俳人ということはなく、各地で暖かく迎えいれられていった。

また芭蕉もお高くとまっているというところもなく、各地で俳人たちと歌仙を巻いたりしている。お互いを尊重しあっている風通しのよさというものが、これら俳人たちの関係には感じられるのである。

三十二　象潟《きさがた》

江山水陸《こうざんすいりく》の風光《ふうこう》数《かず》を尽《つく》して、今《いま》象潟《きさがた》に方寸《ほうすん》を責《せ》む。酒田《さかた》の湊《みなと》より東北《とうほく》の方《かた》、山《やま》を越《こ》え磯《いそ》を伝《つた》ひ、いさごを踏《ふ》みて、その際《きわ》十里《り》、日影《ひかげ》やや傾《かたぶ》くころ、汐風《しおかぜ》真砂《さご》を吹《ふ》き上《あ》げ、雨朦朧《あめもうろう》として鳥《ちよう》

悲しき象潟

海や山や水や陸の美しい風景をすべて集めてきて、今象潟にきて詩心を悩ませることになった。酒田の湊から東北の方へ、山を越え磯を伝っていった。砂浜を踏んで十里いき、日もようやく傾く頃、潮風が砂を吹き上げ、雨は朦朧と降って鳥海山が煙っている。暗闇に手探りして微かに見える夜景に、「雨もまた奇なり」とすれば、雨が降った後の晴れの景色もまためざましいと、漁師の粗末な小屋で狭いため膝だけをいれるようにして、雨の晴れるのを待った。

海《かい》の山《やま》かくる。闇中《あんちゅう》に摸索《もさく》して、「雨《あめ》もまた奇《き》なり」とせば、雨後《うご》の晴色《せいしょく》また頼《たの》もしきと、蜑《あま》の苫屋《とまや》[1]に膝《ひざ》をいれて雨《あめ》の晴《は》るるを待《ま》つ。

その朝《あした》、天《てん》よく晴《は》れて朝日《あさひ》花《はな》やかにさし出《い》づ《ず》るほどに、象潟《さきがた》に舟《ふね》をうかぶ。まづ《ず》能因島《のういんじま》に舟《ふね》を

翌朝、空はよく晴れて朝日が華やかに射す頃、象潟に舟を浮かべた。まず能因島に舟を漕ぎ寄せ、能因法師が三年間隠栖《いんせい》した跡を訪ね、向こう岸に舟を上がれば、「象潟の桜は波にうづもれて花の上漕ぐ海士の釣舟」と詠んだ西行法師の記念の桜の老木がある。水辺に御陵があり、神功皇后の御墓といい、その寺を干満珠寺という。この場所に皇后が行幸されたということは聞いたことがない。どうなっているのであろうか。

この寺の方丈に坐って簾を巻けば、風景はすべて一望のもとに見る

よせて、三年幽居《ねんゆうきよ》の跡《あと》を訪《とむら》ひ、むかう《こ》の岸《きし》に舟《ふね》をあがれば、「花《はな》の上《うえ》こぐ」と詠《よ》まれし桜《さくら》の老木《おいき》、西行法師《さいぎょうほうし》の記念《かたみ》をのこす。江上《こうしょう》に御陵《みささぎ》あり、神功后《じんぐうこう》宮《ぐう》の御墓《みはか》といひ《い》、寺《てら》を干満珠寺《かんまんじゅじ》といふ《う》。この所《ところ》に行幸《みゆき》ありし事《こと》いまだ聞《き》かず。いかなる事《こと》に

ことができて、南にそびえ立つ鳥海山が天を支え、その影が海に映っている。西にはむやむやの関が道をさえぎり、東は堤を築いて秋田に通う水が遥かにつづき、海は北にかまえて波が打ち入るところを汐越という。入江の縦と横と一里ばかり、おもかげは松島に似ていて、また異っている。松島は笑っているようで、象潟は憂えているようだ。寂しさに悲しみを加え、地勢は美女の心を悩ますに似ている。

象潟や雨に西施がねぶの花（雨に

や。

この寺《てら》の方丈《ほうじょう》に座《ざ》して簾《すだれ》を捲《ま》けば、風景一眼《ふうけいいちがん》の中《うち》に尽《つ》きて、南《みなみ》に鳥海天《ちょうかいてん》をささへ《え》、その陰《かげ》うつりて江《え》にあり。西《にし》はむやむやの関路《せきみち》をかぎり、東《ひがし》に堤《つつみ》を築《きず》きて秋田《あきた》にかよふ《う》路遥《みちはる》かに、海北《うみきた》にかまへ《え》て波《なみ》うち入《い》る所《ところ》を汐《しお》

煙っている象潟は、美女西施の憂いに沈んだ悩ましい姿のようにも見えるが、西施と見えたのは雨に濡れているねむの花であった)
汐越《しおこし》や鶴《つる》はぎぬれて海涼し（汐越の浜に波が打ち寄せ、そこで鶴があさりをしている。鶴の長い脛《はぎ》が波で濡れて、海はなんとも涼しそうであることよ)
祭礼
象潟や料理何くふ神祭　曽良（象潟では汐越の鎮守の熊野権現の例

越《こし》といふ《う》。江《え》の縦横《じゅうおう》一里《り》ばかり、俤《おもかげ》松島《まつしま》にかよひ《い》て、また異《こと》なり。松島《まつしま》は笑ふ《わらう》がごとく、象潟《きさがた》はうらむがごとし。寂《さび》しさに悲《かな》しみを加へ《くわえ》て、地《ち》勢《せい》魂《たましい》をなやますに似《に》たり。

象潟《きさがた》や雨《あめ》に西施《せいし》[2]がねぶの花《はな》
汐越《しおこし》や鶴《つる》はぎぬれて海涼《うみすず》し

祭がある。古代の神功皇后にゆかりの象潟では、例祭でどんなに珍しい料理を食べることであろう）
蜑《あま》の家や戸板を敷きて夕涼み　低耳（漁師の家では戸板を表に敷いて夕涼みをしている。めずらしくも素朴な風景であることよ）
岩上に雎鳩の巣を見る
波こえぬ契ありてやみさごの巣　曽良（みさごは夫婦仲のよい鳥とされているが、波が越えてこない約束を波とでもしているのか、

祭礼《さいれい》

象潟《きさがた》や料理《りょうり》何《なに》くふ神祭《かみまつり》

曽良《そら》

美濃《みの》の国《くに》の商人《しょうにん》

蜑《あま》の家《や》や戸板《といた》を敷《し》きて夕涼《ゆうすず》み

低耳

あのように危うい岩の上に巣をつくっている)

1 能因「世の中はかくても経けり象潟の海士の苫屋をわが宿にして」
2 西施は中国周代の越の美女
3 清原元輔「契りきなかたみに袖をしぼりつつ末の松山波越さじとは」(類字名所)

岩上《がんじよう》に雎鳩《みさご》の巣《す》を見る

波《なみ》こえぬ契《ちぎり》あり[3]てやみさごの巣《す》　曽良《そら》

川と山と海と陸の美しい風景をことごとく見てきた芭蕉には、象潟にやってきて、詩心も絶頂という気分になってきた。「奥の細道」の行程の中で象潟は最も遠いところで、松島とならび称される歌枕の地である。ここにやってくるのが、芭蕉にとっては究極の目的だったのである。

芭蕉が訪れた日、雨は朦朧とうちけぶっていた。それでも芭蕉は「雨もまた奇なり」という。「晴れて偏《ひと》へに好」と期待し、翌日は期待どおりに晴れて、芭蕉は実際に海に舟を漕ぎ出す。

干満珠寺《かんまんじゅじ》の方丈に座して風景を眺める芭蕉の筆は立っている。「簾《すだれ》を捲《ま》けば、風景一《いち》眼《がん》の中《うち》に尽きて、南に鳥海《ちょうかい》天をささへ、その陰うつりて江《え》にあり」とは、波のない入江に映る鳥海山の風景を描写して、まさに一幅の絵である。このような風景の中に自分もはいってみたいものだと、誰しも思うのではないだろうか。心を誘う力のある文章である。

私も芭蕉に誘われて、この象潟まで足を運んだことがある。「奥の細道」を頭にいれていった百人が百人まで、実際の風景を前にして失望を味わうに違いない。

干満珠寺は昔のままのたたずまいであり、方丈に座すこともできる。そこから見えるのは、松の繁る小さな丘を散らばせた田園風景である。海がないので、松島とくらべることはできない。これは芭蕉が訪れた百十五年後の文化元（一八〇四）年の大地震で大地が隆起し、海が消滅してしまったからである。実際の景色は失われ、その風景は芭蕉の文章の中に残っているばかりだ。

私は今さらながらに、文の力の強いことを知る。石に刻んでも、風化して消えてしまう。文章は永遠の生命を持っている。

「松島は笑ふがごとく、象潟はうらむがごとし。寂しさに悲しみを加へて、地勢魂《たましい》をなやますに似たり」とは、芭蕉の予言としても読むことができる。

三十三　越後《えちご》

酒田《さかた》のなごり日《ひ》を重《かさ》ねて、北陸《ほくりく》道《どう》の雲《くも》に望《のぞ》む。遥々《ようよう》の思《おも》ひ胸《むね》をいたましめて、加賀《かが》の府《ふ》まで百《ひやく》三十里《り》と聞《き》く。鼠《ねず》の関《せき》を越《こ》ゆれば越後《えちご》の地《ち》に歩行《あゆみ》を改《あらた》めて、越《えつ》中《ちゆう》の国市振《くにいちふり》の関《せき》に到《いた》る。この間《かん》

荒海と別離

酒田の人々と名残りを惜しむうち日を重ね、ようやく北陸道の雲を望みつつ旅立った。前途遥遥《ぜんとはるばる》の思いが胸をいたませて、加賀の国府金沢まで百三十里ということだ。鼠の関を越えると、出羽から越後の地に改まって、越中の国市振の関に着いた。この間九日、暑さと湿気の苦労に神経を悩ませ、病気が起こって何も書くことができなかった。

文月や六日も常の夜には似ず（もう文月［七月］になり、明日は七

九日《ここのか》、暑湿《しょしつ》の労《ろう》に神《しん》をなやまし、病《やまい》おこりて事《こと》をしるさず。

文月《ふみづき》や六日《むいか》[1]も常《つね》の夜《よ》には似《に》ず
荒海《あらうみ》や佐渡《さど》によこたふ《う》天河《あまのがわ》

月七日の七夕で牽牛《けんぎゅう》、織女《しょくじょ》が一年に一度逢瀬を楽しむ前夜である今日六日の空も、ふだんの夜とは違う雰囲気があるようだ。秋の気配が感じられるようになり、やがては旅も終わり、親しい人と再会する日も近くなってきたようだ）
荒海や佐渡によこたふ天河（荒海の向こうに佐渡の島影が見え、その上空に天河が白く横たわっている。荒海は広く、佐渡は遠く、天河は高い。佐渡に流されて望郷の念にさいなまれていた人たちは、

天を流れる河を深い寂寥《せきりょう》の気持ちで眺めていたに違いない）

1　実は七月四日

象潟に三泊した芭蕉は、六月十八日に酒田に戻り、二十五日に酒田を出発する。酒田では幾度か俳諧を巻き、庄内米の集積地であり北前船で栄えた都市の町人文化を充分に楽しんだようである。

ここから先はいわば帰路である。芭蕉の筆は急ぎ足で帰っていくかのように、あわただしい気配になってくる。旅程の半ばを過ぎただけなのだが、潑剌《はつらつ》とした気持ちの張り詰め方はない。いつでも旅というものは、いく時は楽しくて、帰りは悲しいものだ。そんなことからも芭蕉はこれまでのような精神の張り詰め方を持続させることができなくなっていったのであろう。

帰ろうと思ったら、道はいよいよ遠く感じられる。なにしろ金沢まででさえ百三十里、現代風にいうなら五百二十キロもあるのだ。鼠《ねず》の関、もしくは念珠が関を越えて越後にはいり、日本海をつねに右側に見ながら黙々と足を運んでいく。この九日間、暑さと雨のために心神耗弱《しんしんこうじやく》し、判断力もなくなって、道中のあれこれを書く気力もなかった。そうでありながらも、俳句はできる。追い詰められた時こそ、定型という詩型は立ってきて人を救うのである。

「文月や六日も常の夜には似ず」とは、牽牛《けんぎゆう》と織女《しよくじよ》が逢う七夕の前日であるから、いつもの夜とは少々違っているようだというような意味である。故郷に帰り、親しい人たちと会う日も近いということに掛けてある。ここにあるのは望郷の思いである。

「荒海《あらうみ》や佐渡によこたふ天河」は越後の出雲崎での吟であり、豪壮かつ雄渾《ゆうこん》な調べを持った句として、気力の充実を感じさせる。その気力とは佐渡からきている。荒海に鎖されている佐渡は、別離の島なのである。順徳院、日蓮、日野資朝《すけとも》、世阿弥と、流人として送られた人が、別離を悲しんだ島だ。「文月や」の句にも掛けてある別離の意味を加えるなら、この句はなお深い味わいをもって迫ってくる。

三十四　市振《いちふり》

今日《きょう》は親知《おやし》らず・子知《こし》らず・犬戻《いぬもどり》・駒返《こまがえし》などいふ北国一《ほっこくいち》の難所《なんしょ》を越《こ》えて、疲《つか》れ侍《はべ》れば、枕引《まくらひ》きよせて寝《い》ねたるに、一間隔《いとまへだ》てて西《にし》の方《かた》に、若《わか》き女《おんな》の声二人《こえふたり》ばかりと聞《きこ》ゆ。年老《としお》いたる男《おのこ》の声《こえ》も

幻の遊女

親知らず、子知らず、犬戻り、駒返などという北国一の難所を越えて、疲れてしまった。枕を引き寄せて寝たところに、一間隔てた西の方に、若い女の二人の声が聞こえた。年老いた男の声もまじって物語りをするのを聞けば、越後国の新潟というところの遊女であった。伊勢参宮をするということで、この関まで男が送ってきて、明日は男に託《ことづ》けて故郷に返す手紙をしたためて、細かな言伝えなどしてやっている様子だ。白波が寄せる渚に身をまかす漁師の

交《まじ》りて物語《ものがたり》するを聞《き》けば、越後《えちご》の国新潟《くににいがた》といふ《う》所《ところ》の遊女《ゆうじょ》なりし。伊勢《いせ》参宮《さんぐう》するとて、この関《せき》まで男《おのこ》の送《おく》りて明日《あす》は古郷《ふるさと》に返《かえ》す文《ふみ》したためて、はかなき言伝《ことづて》などしやるなり。白波《しらなみ》のよする汀《なぎさ》[1]に身《み》をは《ほ》ふ《う》らかし、あまのこの世《よ》をあさましう下《くだ》りて、定《さだ》め

ように人生の波にさすらい、この世の底まであさましく身を落とし、夜毎に変わる定めなき契り、このような日を送る前世の業因《ごういん》はなんと悪いことかと、話を聞きながらうとうと眠ってしまった。

朝旅立とうとする時、私たちに向かって、「行方もわからない旅路の心細さ、あまりにおぼつかなくて悲しゅうございますから、見え隠れしながら御跡をついていきとうございます。僧の衣をお召しのお身の上の御情に大慈の恵みお分かちくだされ、仏縁を持たせていただきとう存

なき契《ちぎり》[2]、日々《ひび》の業因《ごういん》いかにつたなしと、物言《ものい》ふ《う》を聞《き》く〳〵《きく》寝入《ねい》りて、あした旅立《たびだ》つに、我々《われわれ》にむかひ《い》て、「行方《ゆくへ》しらぬ旅路《たびじ》の憂《う》さ、あまりおぼつかなう《の》悲《かな》しく侍《はべ》れば、見《み》えがくれにも御跡《おんあと》をしたひ《い》侍《はべ》らん。衣《ころも》の上《うえ》の御情《おんなさけ》に大慈《だいじ》の恵《めぐみ》をたれて結縁《けちえん》させさせ

じます」と泪《なみだ》を落とす。「不憫《ふびん》なことではあるが、私たちはあっちこっちとどまるところが多い。人が大勢いく方向にまかせていくとよい。伊勢大神宮の御加護が必ずあり、無事に着くことができるでしょう」と言い捨てて出発してきてしまったのだが、哀れさがしばらく胸の内にやまなかった。

一家に遊女もねたり萩と月（私は捨身行脚の世捨て人であるが、罪深い華やかな遊女も同じ一軒の宿に泊まり合わせて寝ている。庭に

給《たまえ》へ」と泪《なみだ》を落《おと》す。「不便《ふびん》の事《こと》には侍《はべ》れども、我々《われわれ》は所々《ところどころ》にてとどまる方《かた》おほ《お》し。ただ人《ひと》の行《ゆ》くにまかせて行《ゆ》くべし。神明《しんめい》の加護《かご》かならず恙《つつが》なかるべし」と言《い》ひ《い》捨《す》てて出《い》でつつ、哀《あわ》れさしばらくやまざりけらし。

一家《ひとつや》に遊女《ゆうじょ》もねたり萩《はぎ》と月《つき》

は萩の花が華やかに咲き、空には澄んだ月が照っている。遊女と私のように、結局触れ合いもせぬ関係であろうか）
この句を詠むと、曽良が書きとどめた。

1 「白浪のよする汀に世を過す海士の子なれば宿も定めず」（和漢朗詠集・遊女）
2 「罪業深き身と生れ、殊にためし少なき河竹の流の女となる。前の世の報まで思ひやるこそ悲しけれ」（謡曲・江口）

曽良《そら》に語《かた》れば、書《か》きとどめ侍《はべ》る。


謡曲の「江口」でも聞いているような気分である。「江口」は江口遊女が西行と出会って自分の物語を語る構成であるが、芭蕉はこの西行の役割りを自分に当てはめたのである。港町に遊女がいて、芭蕉にも遊女たちを見聞する機会はあったろうが、芭蕉の描く遊女はどうも固定観念にしばられていると、私には感じられる。

元禄二（一六八九）年は二十年に一度の伊勢遷宮のおこなわれる年で、伊勢参宮者は全国にたくさんいたであろう。その中にはもちろん、ぬけ参りもいた。なにやら深刻な様子で男に手紙を持たせる遊女は、ぬけ参りという設定である。

僧形をしている芭蕉は、仏の大慈大悲の恵みにあやかるために旅に同行させてくれと頼まれたのだが、断ったという。遊女とすれば僧形の芭蕉に心を許したということであるが、象潟以降どうしても単調な紀行になっている越後路に、花を添えるようにして虚構をこらしたとも考えられる。親知らず、子知らず、犬戻、駒返などの難所を無事に越えたという安堵感も、遊女のことを虚構しようという気持ちにさせたに違いない。

「一家に」の句は、芭蕉が語ったところ曽良が書き留めたということになっているのも、虚構に虚構を重ねたということである。「曽良随行日記」にもこのことの記載は一切ない。「奥の細道」は芭蕉の心の紀行であるから、実体験であるかどうかは問題ではない。

三十五　那古《なご》

黒部《くろべ》四十八《しじゅうはち》が瀬《せ》とかや、数《かず》しらぬ川《かわ》をわたりて那古《なご》といふ《う》浦《うら》に出《い》づ《ず》。担籠《たこ》の藤浪《ふじなみ》は春《はる》ならずとも、初秋《しょしゅう》のあはれ《わ》訪《と》ふ《う》べきものをと、人《ひと》に尋《たず》ぬれば、「これより五里《り》、磯《いそ》づたひ《い》してむか《こ》うの

大国に向かう

黒部四十八が瀬というとおり、数知れぬたくさんの川を渡って、那古という海岸に着いた。担籠の藤浪は春でなくても、初秋のたたずまいは訪ねる価値があるかと、地元の人に尋ねた。「ここから五里、磯伝いにいって、向こうの山陰にはいったところに、漁師の貧しい小屋があるだけだから、芦の原に一夜の宿を貸すものはありませんよ」といいおどかされて、加賀の国にはいった。

早稲《わせ》の香《か》や分け入る右は有磯海

山陰《やまかげ》に入《い》り、蜑《あま》の苫《とま》ぶきかすかなれば芦《あし》の一夜《ひとよ》の宿《やど》かす者《もの》あるまじ」と言《い》ひおどされて、加賀《かが》の国《くに》に入《い》る。

早稲《わせ》の香《か》や分《わ》け入《い》る右《みぎ》は有磯《ありそ》海《うみ》

（早稲の穂波から漂ってくる香りは、北陸の土の豊かさであろう。右にいけば、万葉集に歌われた有磯海だが、今回はそちらにいくのは断念した）

「曽良随行日記」によると、金沢にはいるまでの越中路には「暑気甚《はなはだ》シ」の文字が毎日見える。「氷見《ひみ》へ欲レ行《ゆかんとほつして》、不往《ゆかず》」「翁、気色不勝《すぐれず》。暑極テ甚」とある。暑さのために芭蕉はまいっていたようである。

いわばやっとこさっとこ旅をつづけていた芭蕉は、黒部四十八が瀬といって河口近くで川筋が無数に分かれている難所にさしかかっていたのだが、歌枕への思いは忘れない。越中のあたりには万葉集の時代には、大伴家持が長官としてやってきた。

「あゆの風いたく吹くらし奈呉《なご》の海人の釣する小舟漕ぎ隠る見ゆ」

那古の浦でも、担籠《たこ》の浦でも、かつて歌人たちが歌を詠み、そこは歌枕の地となっている。日本は津々浦々まで歌の地なのである。どのような辺土にいっても、かつて歌人たちが分け入って歌を詠み、詩を吟じたのだ。この伝統を私たちはもっと誇るべきではないだろうか。つまりこの国では、歌枕の地をめぐるかぎり、旅はいつ果てるともないのである。

「早稲《わせ》の香や分け入る右は有磯海《ありそうみ》」の句は、北陸平野の豊饒さを見事に描写している。早稲の穂が出そろい、一望万里海のようである。早稲だから、黄金の波であろうか。その穂波の中に分けいると、稲の香にまみれる。分け入っても分け入っても、穂波はつづいている。これは加賀百万石の富の象徴である。

これは大きいが単純な景色であり、その中に自分がぽつんといる。右側も海としてみれば単純である。有磯海は固有名詞なのだが、越中の歌枕であることによって、越中全体の海となったのだ。万葉につながる風情と、豊饒なる稲の恵みによって、これから訪問する大国への畏敬の念を表現しているのである。

「奥の細道」という紀行文を読んでいる者の意識の流れを乱すことなく、見事に配列されているといえる。

三十六　金沢《かなざわ》

卯《う》の花山《はなやま》・くりからが谷《たに》を越《こ》えて、金沢《かなざわ》は七月中《がつなか》の五日《いつか》[1]なり。ここに大坂《おおざか》より通《かよ》ふ商人《しようにん》何処《かしよ》といふ《う》者《もの》あり。それが旅宿《りよしゆく》をともにす。

一笑《いつしよう》といふ《う》者《もの》は、この道《みち》に好《す》け

感応道交
卯の花山、倶利伽羅《くりから》が谷を越えて、金沢に着くと、盆の中日の七月十五日であった。この土地に大坂から通っている商人の何処というものがいる。彼の旅宿に同宿した。
一笑という者は、俳諧の道にすぐれているという名がうすうす聞こえて、世に知る人もいたのだが、去年の冬に早世した。その兄が追善の句会を催したので、

塚も動け我が泣く声は秋の風（私が慟哭《どうこく》する声は、塚の下にいる君

る名《な》のほのぼの聞《きこ》えて、世《よ》に知《し》る人《ひと》も侍《はべ》りしに、去年《こぞ》の冬《ふゆ》、早《そう》世《せい》したりとて、その兄追善《あにつついぜん》を催《もよお》すに、
塚《つか》も動《うご》け我《わ》が泣《な》く声《こえ》は秋《あき》の風《かぜ》
ある草庵《そうあん》にいざなはれ《わ》て
秋涼《あきすず》し手《て》ごとにむけや瓜茄《うりなす》子《び》

の魂に届き、塚も動かしてくれ。私の泣く声は秋風となり、悲しみとなってあたりに吹きゆく)
ある草庵に案内されて、
秋涼し手ごとにむけや瓜茄子（瓜や茄子が夏の野菜らしく新鮮でうまそうだ。それぞれに皮を剝いていただけば、残暑の季節に秋の涼しさがやってくるというものだ)
途中吟
あかあかと日はつれなくも秋の風
（あかあかと照りつける太陽のた

途中吟《とちゅうぎん》
あかあかと日《ひ》はつれなくも
秋《あき》の風《かぜ》

小松《こまつ》とい ふ《う》所《ところ》にて
しを《お》らしき名《な》や小《こ》松《まつ》吹《ふ》く萩《はぎ》
すすき

め残暑はきびしくて、旅をいく私に厳しい態度を見せるのだが、いつしか秋と感じる風が吹いている）

小松という所にて
しをらしき名や小松吹く萩すすき
（小松という地名はなんともしおらしい。その名のとおりにこのあたりの小松の上を吹く風は、萩やすすきを吹きなびかせて、過ぎゆく季節を感じさせてくれる）

1
陽暦八月二十九日、盆供養の日

芭蕉が金沢にはいったのは、盆の七月十五日であった。仙台にはいったのは「あやめ葺く日」の五月四日で、金沢にはいったのは盆の魂祭《たままつり》の日である。こうした日にはいったというのは偶然かもしれないが、改めて日を記すのは大国への挨拶のためである。芭蕉は他人や他国への礼儀を忘れず、襟をただして旅をつづけていたのだ。

金沢は「奥の細道」で芭蕉の俳諧行脚が最もうまくいった土地である。加賀俳壇の人たちが集まって、芭蕉を大歓迎した。一笑《いっしょう》という俳人の初盆にゆきあわせたのは偶然であったとしても、死者の冥福を祈るための追悼句会に呼ばれたのは、芭蕉だからである。

その芭蕉が金沢にくるのを最も強く待ち望んでいたのが、一笑であった。一笑は通称、茶屋新七といい、金沢片町に葉茶屋を営みながら、加賀俳壇の俊秀として聞こえたのである。前年の元禄元（一六八八）年十二月六日に没したことを、芭蕉は金沢にきてはじめて知ったのである。その芭蕉が金沢入りするのにあわせて、一笑の兄が追善の句会を催したのである。

「塚も動け我が泣く声は秋の風」は絶唱ともいうべき句である。芭蕉にとっては心の交いあう弟子であったのだが、会うのを楽しみにきてみれば、死去してしまったとのことだ。ここには死者や自己を対象化するような感傷はない。悲しみのあまり慟哭《どうこく》する声は、秋の風になり、天にもなり地にもなる。悲しみは風景そのものとなっているのだから、塚も動けというのである。

風景と人とが完全に一体となることを、感応道交という。本来は仏が感じることをそのまま人が感じることをいうのだが、仏とは自然そのもののことであるから、まさに感応道交といってよい。時として芭蕉は風景と感応道交する。その時に名句が生まれるといってよい。

三十七　小松《こまつ》

この所《ところ》、多太《ただ》の神社《じんじや》に詣《もうず》づ。実盛《さねもり》が甲《かぶと》・錦《にしき》の切《きれ》あり。往昔《そのかみ》、源氏《げんじ》に属《ぞく》せし時《とき》、義朝公《よしともこう》より賜《たまわ》らせ給《たまう》ふとかや。げにも平士《ひらさむらい》のものにあらず。目庇《まびさし》より吹返《ふきかえし》まで菊唐草《きくからくさ》の彫《ほ》りものの金《こがね》をちりば

きりぎりす
この地小松の多太神社にお参りした。実盛の形見の甲と錦の切れがある。その昔、実盛が源氏に所属していた時、義朝公よりいただいたものであるとか。いかにも並の武士のものではない。目庇から吹返しまで、菊唐草模様の彫りものに金をちりばめ、龍頭には鍬形が打ってある。実盛が討ち死にした後、木曽義仲が戦勝祈願状に添えて、この神社に奉納したということや、樋口の次郎がその使者になったということが、目のあたりの縁起に見える。

め、龍頭《たつがしら》に鍬形《くわがた》打《う》つたり。実盛《さねもり》討死《うちじに》の後《のち》、木曽《きそ》義仲《よしなか》願状《がんじょう》に添《そ》へ《え》て、この社《やしろ》にこめられ侍《はべ》るよし、樋口《ひぐち》の次郎《じろう》[1]が使《つかい》せし事《こと》ども、まのあたり縁起《えんぎ》に見《み》えたり。

むざんやな甲《かぶと》の下《した》のきりぎりす

むざんやな甲の下のきりぎりす
(樋口の次郎は、白髪に墨を塗って出陣した実盛の首を甲の中に見て、むざんやなといったということだ。私もまた同じように感じる。甲の下にきりぎりすがいて、実盛の死を嘆き悲しむかのように、秋の声で鳴いている)

1 義仲四天王の一人樋口兼光

平家の武将平実盛は、はじめ源義朝に属し、のちに平宗盛に従った。木曽義仲追討のために従軍した際、老いの身を隠すため白髪を墨で染めて出陣し、加賀篠原に戦死した。実盛の首を検分した義仲四天王の一人、樋口次郎兼光はあなむざんやなと落涙したことが、「平家物語」に語られている。幼時に実盛に育てられた恩をしのんで、義仲は手厚く回向したという。

源義仲が木曽で育てられたのは、実盛の保護によってである。運命のいたずらにより、義仲は恩ある実盛を討たねばならなかったのだ。北陸道で挙兵した義仲は、加賀と越中の国境のくりから峠の谷で平家を打ち破り、破竹の勢いで京に攻め上った。しかし、兵たちに粗暴なところがあり、源頼朝の命を受けた義経の軍に討たれた。

平家追討のさきぶれとして、義仲は大きな役割りを果たしたのだ。その義仲へ、芭蕉は心を寄せていた。自分も遺言によって義仲寺に葬られたほどである。小松の多太八幡神社は、義仲の旧跡でもある。そもそも実盛の甲は、義仲の戦勝祈願の書状とともにこの神社に奉納されたのであった。

それにしても実盛が墨で染めた白髪首がはいっていた甲が、そのまま残っている。義仲も、あなむざんやなといった樋口次郎も、皆討たれて死んだのである。そして、甲だけが残っている。

なぜ人はそれほどまでして戦わなければならないのだろうか。この無常観に満ちた寂滅の雰囲気を伝えるために、きりぎりすはよい効果をだしている。その場できりぎりすは鳴いていたかもしれないし、鳴いていなかったかもしれない。それはどちらでもよいことである。ただ芭蕉の耳には、きりぎりすの声は響きつづけていたのである。もちろん芭蕉の魂が揺り動かされたのは、悲壮な最期をとげた老武者の思慕の念によってである。

三十八　那谷《なた》

山中《やまなか》の温泉《いでゆ》に行《ゆ》くほど、白根《しらね》が岳跡《だけあと》に見《み》なして歩《あゆ》む。左《ひだり》の山際《やまぎわ》に観音堂《かんのんどう》あり。花山《かさん》の法皇《ほうおう》三十三所《しょ》の順礼《じゅんれい》とげさせ給《たまい》ひて後《のち》、大慈大悲《だいじだいひ》の像《ぞう》[1]を安置《あんじ》し給《たまい》ひて、那谷《なた》と名付《なづ》け給《たもう》ふとなり。那《な》

白い風

山中温泉に行く途中、白根が岳を後方に見ながら歩んでいく。左の山際に観音堂がある。花山法皇が三十三か所の巡礼をとげられて後、大慈大悲の観世音菩薩の像を安置され、那谷と名づけられた。那智と谷汲の二字を分けて名をとられたということである。奇石がさまざまに積み重なった上に、老松を植えならべて、萱葺《ぶ》きの小堂を岩の上にもたれかからせてつくってあり、神聖な土地である。

智《ち》・谷汲《たにぐみ》の二字《にじ》を分《わか》ち侍《はべ》りしとぞ。奇石《きせき》さまざまに、古松植《こしようう》ゑ《え》ならべて、萱《かや》ぶきの小堂岩《しようどういわ》の上《うえ》に造《つく》りかけて殊勝《しゆしよう》の土地《とち》なり。

石山《いしやま》の石《いし》より白《しろ》し秋《あき》の風《かぜ》

石山の石より白し秋の風（そもそも秋風を白風というのだが、このあたりに吹く秋風は、石山の白よりもっと白くて厳しそうだ。それだけに神聖の気配の濃い土地である）

1　観世音菩薩像

「曽良随行日記」によれば、山中温泉に五日間滞在した後、芭蕉は病気になった曽良と別れ、金沢からついてきた俳諧師北枝《ほくし》を連れて、加賀藩士生駒万子の句会に出席するため小松に戻り、那谷に寄ったと書かれている。本来は山中温泉が先にくるべきところ、自然な旅の流れに従ったのである。金沢あたりで曽良は病気になったため、山中温泉でもすでに記事は天気のことしか書かれていない。そして、芭蕉が北枝とともに那谷に向かったと曽良が日記に書いて以降、芭蕉の行動はまったくわからなくなる。

那谷寺千手観音に参詣した芭蕉の心理に、これまでずっとつき従ってきた曽良の不在は、なんらかの影響があると考えるべきであろう。その昔、花山法皇が西国三十三箇所観音霊場巡りをした後、一番紀伊の那智と、三十三番美濃の谷汲の一字ずつをとって、那谷としたとのことである。最初と最後の地名をとり、西国三十三箇所観音霊場全体としたのだ。

人生においても、また旅においても、苦難にゆきあたった時に観音名号を唱えれば、たちまち苦しみも消えてしまうという大慈大悲の観世音菩薩である。観音堂があればそこにお参りするというのは、人の自然な感情である。曽良との間に何があったのか、何もなくて曽良はただ病気だったのか、曽良はまっすぐ伊勢長島にいき、それから大垣にでて芭蕉を迎えている。曽良の行動はどうもよくわからない。

「石山の石より白し秋の風」の「白し」が、芭蕉の心境であろう。秋の風が石山の石より白いといっているのだが、心の中を吹く秋風と解さなければ、情景はよくわからないのである。風が透明だというのではなく、白いのである。そもそも秋の色は白なのだが、この白に私は茫然とした気配を感じるのである。

「奥の細道」の長旅は終わりかけ、頼みとした曽良もいなくなり、白い石山の前に風に吹かれて立ちつくしている芭蕉の痩身《そうしん》が見えるように思う。

三十九　山中《やまなか》

温泉《いでゆ》に浴《よく》す。その効有馬《こうありま》に次《つ》ぐといふ《う》。
山中《やまなか》や菊《きく》は手折《たお》らぬ湯《ゆ》の匂《におい》[1]
あるじとする者《もの》は久米之助《くめのすけ》とて、いまだ小童《しょうどう》なり。かれが父《ちち》俳諧《はいかい》を好《この》み、洛《らく》の貞室若輩《ていしつじゃくはい》の

別離

山中温泉に入浴した。その効能は有馬温泉に次ぐといわれる。
山中や菊は手折らぬ湯の匂（慈童は菊水を汲んで八百歳の長寿を生きたとの故事があり、菊は長寿を呼ぶ名であるが、山中温泉では菊を手折る必要もない湯の香りが、菊よりもにおやかに立ち昇っていることよ）
宿の主人は久米之助といい、まだ小さな子供である。彼の父が俳諧を

昔《むかし》ここに来《きた》りし比《ころ》、風雅《ふうが》に辱《はずか》しめられて、洛《らく》に帰《かえ》りて貞徳《ていとく》の門人《もんじん》となつて世《よ》に知《し》らる。功《こう》名《みよう》の後《のち》、この一村判詞《いつそんはんじ》の料《りよう》を請《う》けずといふ《う》。今更昔語《いまさらむかしがた》りとはなりぬ。

曽良《そら》は腹《はら》を病《や》みて、伊勢《いせ》の国長《くになが》島《しま》といふ《う》所《ところ》にゆかりあれば、先《さき》

好み、京都の貞室が若い頃ここにきて、宿で俳諧をすすめられたがその心得がまったくなくて辱《はずか》しめられた。貞室は京に帰って貞徳の門人となり、世に知られるようになった。名をなした後も、この山中の一村からは宗匠にのみ許された添削《てんさく》の謝礼をもらわなかったという。今ではそれは昔語りになった。

曽良は腹を病んで、伊勢国長島というところに親戚があるのでそこを頼って、先に出発するにあたり、

行き〳〵て倒れ伏すとも萩の原

立《だ》ちて行《ゆ》くに、
行《ゆ》き〱《ゆき》て倒《たお》れ伏《ふ》すとも萩《はぎ》の
原《はら》　　　　曽良《そら》
と書《か》き置《お》きたり。行《ゆ》く者《もの》の悲《かな》しみ残《のこ》る者《もの》のうらみ、隻鳧《せきふ》の別《わか》れて雲《くも》に迷《まよう》ふがごとし。予《よ》も又《また》、
今日《きよう》よりや書付《かきつけ》[2]消《け》さん笠《かさ》の露《つゆ》

曽良（行けるところまでいって、そこで倒れ伏すようなことになろうと、萩の白い花の中で死ぬのなら、風流人としては本望なことである）
と書き置いていった。行く者の悲しみ、残るもののうらみ、蘇武が匈奴にともにとらえられた李陵と別れて漢に戻る時につくった別離の詩のように、二羽いっしょに飛んでいた鳧《けり》が別れて雲の中に迷うようである。私もまた、

今日よりや書付消さん笠の露（今日からは、笠に書き付けられた「同行二人《どうぎようににん》」の文字を消そうか。笠につく露と別離の涙によって）

1「里人の曰、このところは扶桑三の名湯の其一なりと」芭蕉（真蹟懐紙）
2巡礼笠に「乾坤無住同行二人」

山中温泉に芭蕉は九泊十日の長逗留をした。そもそもが名湯として聞こえていて、滞在するには居心地がよかったのであろう。長旅をしてきた芭蕉には一種の桃源郷であったのである。
「山中や菊は手折らぬ湯の匂」で、芭蕉は山中温泉について最大の賛辞を贈っている。故事を知らなければわかりにくい句である。「菊慈童」の故事とは、慈童が山路の菊水を汲んで八百歳の長寿を保ったということである。山中温泉の湯につかれば、慈童のように菊を手折る必要もなく、この湯のにおいは菊の香よりよろしいということだ。慈童が山路を歩いたということと、山中温泉ということが掛けてある。

宿泊した和泉屋久米之助はまだほんの少年であったが、父は俳諧の名士で、山中はそもそもが俳諧のさかんな土地である。芭蕉は居心地がよくて長逗留していたところ、曽良が腹をいためて伊勢国長島に親戚を頼って先に帰るという、思いがけない別離があったのである。伊勢は遠いので、一人で歩いて帰るというのだから、曽良の身体の具合も致命的な悪さではなかったのであろう。

しかし、曽良の気持ちは「行き〱て倒れ伏すとも萩《はぎ》の原」の俳句から見るかぎり、少々深刻である。歩いて歩いて倒れ伏すようなことがあっても、萩の花咲く野辺に死ぬのなら喜びとしようというのだ。原因をつくったもののほうが無念の気持ちは強い。対する芭蕉は「今日よりや書付《かきつけ》消さん笠《かさ》の露」と詠む。長い旅をともにしてきた曽良との別離を悲しむ気持ちが勿論ないわけではないが、「同行二人《どうぎょうににん》」と笠に書きつけた文字を消そうといっているのである。これは重大な決意といえばいえるが、「行き〱て倒れ伏すとも」という曽良よりはずっと余裕があるといえばいえる。

四十　全昌寺《ぜんしょうじ》

大聖寺《だいしょうじ》の城外《じょうがい》、全昌寺《ぜんしょうじ》といふ《う》寺《てら》にとまる。なほ加賀《かが》の地《ち》なり。
曽良《そら》も前《まえ》の夜《よ》、この寺《てら》に泊《とま》りて、
終宵秋風聞《よもすがらあきかぜき》くや裏《うら》の山《やま》
と残《のこ》す。一夜《いちや》の隔千里《へだてせんり》に同《おな》じ[1]。

庭掃きて

大聖寺の城外にある、全昌寺という寺に泊まる。まだ加賀の地である。曽良も前の晩この寺に泊まって、
終宵秋風聞くや裏の山（一晩中眠ることができず、裏山に吹きわたる秋風を聞いていた。師と別れてあまりにも悲しい）
と詠み残してあった。たった一夜の隔《へだ》りだが、千里の距離にも同じである。私も秋風を聞きながら修行僧

吾《われ》も秋風《あきかぜ》を聞《き》きて衆寮《しゆりよう》に臥《ふ》せば、あけぼのの空近《そらちこ》う読経声《どきようこえす》澄むままに、鐘板鳴《しようばんな》つて食堂《じきどう》に入《い》る。今日《きよう》は越前《えちぜん》の国《くに》へと心早卒《こころそうそつ》にして堂下《どうか》に下《くだ》るを、若《わか》き僧《そう》ども紙《かみ》・硯《すずり》をかかへ《え》、階《きざはし》のもとまで追《お》ひ《い》来《きた》る。折節庭中《おりふしていちゆう》の柳散《やなぎち》れば、

の寮に横になっていると、明け方の空も近く、読経の声が澄み渡り、鐘板が鳴ったので食堂にはいった。今日は越前の国に越えようと心あわただしいまま堂の下におりると、若い僧たちが紙や硯を抱えて、階段の下まで追ってきた。折から庭中の柳の葉が散っているので、

庭掃きて出でばや寺に散る柳（とりあえず柳の葉が散った庭を掃いて、寺を出立いたします。お寺の決まりのとおりに、一宿のお礼にといたします）

庭掃《にわは》きて出《い》でばや寺《てら》に散《ち》る
柳《やなぎ》
とりあへ《え》ぬさまして草鞋《わらじ》ながら
書《か》き捨《す》つ。

とりあえぬあわただしさの中、草鞋《わらじ》をはいたままで書き捨てた。

1 李陵の送別詩「浮雲日ニ千里、安ゾ我ガ心ノ悲シミヲ知ラン」

ここにきて、旅の終わりへと急ぐ感じが強い。旅というものは、出かける前が一番楽しく、前半もまあまあ心が弾み、終わりに向かっていく時には無常さえ感じて淋しいものである。芭蕉は急ぎ足で旅の終わりに向かっている。
芭蕉が一夜の宿を得た曹洞宗全昌寺に、曽良は前夜に泊まっているということである。「曽良随行日記」によれば、曽良は八月五日に芭蕉と別れて山中を出発し、芭蕉は北枝とともに那谷に寄って小松に向かっている。一方、曽良は山中の和泉屋に紹介されたのか和泉屋の檀那寺の全昌寺に宿を求めている。夜中に雨が降り出し、朝になっても雨が降りやまないので六日も滞在し、七日は快晴なので朝に全昌寺を出発している。

芭蕉は曽良がいなくなったので消息不明なのであるが、芭蕉の記述が正しいのだとしたら、七日の夕刻か夜に全昌寺に泊まったということになる。八月五日は小松に泊まり、六日は山中に戻り、七日に出発したということである。すでにあわただしい。もしくは、曽良と別れはしたが実際の距離は離れていないのだという切迫感をだし、「一夜《いちや》の隔て、千里に同じ」を体験として強調するために、一種の技巧をこらしたのかもしれない。

寺に泊まると、庭を掃いてその礼としたのである。芭蕉は心急がれて、食事をすませるとただちに出発しようとした。その時、若い僧たちが階段を追いかけてきた。礼を失した芭蕉をとがめだてするのかと思えば、紙や硯を抱えて一筆いただきたいという。

「庭掃きて出《い》でばや寺に散る柳」の句には、庭に散っている柳を掃除してから出立すべきだなという、少し苦い自省が込められているように思う。

四十一　天竜寺《てんりゅうじ》・永平寺《えいへいじ》

越前《えちぜん》の境《さかい》、吉崎《よしざき》の入江《いりえ》を舟《ふね》に棹《さおさ》して汐越《しおこし》の松《まつ》を尋《たず》ぬ。
終宵嵐《よもすがらあらし》に波《なみ》をはこばせて
　月《つき》をたれたる汐越《しおこし》の松《まつ》
　　　　西行《さいぎょう》
この一首《しゅ》にて数《す》景《けいつ》尽きたり。も

諸説あり
加賀と越前の境、吉崎の入江を舟で棹さして渡り、汐越の松を尋ねた。
終宵嵐に波をはこばせて
月をたれたる汐越の松　　西行
（一晩中、秋の嵐に波をはこばせて、汐越の松は波しぶきをかぶっている。枝という枝から垂れる滴に月光を映して、まるで月をしたたらせているかのように見える）
この一首で、ここにある美しい景

し一弁《べん》を加《くわう》ふるものは、無用《むよう》の指《ゆび》を立《た》つるがごとし。[1]
丸岡天龍寺《まるおかてんりゆうじ》の長老《ちようろう》、古《ふる》き因《ちなみ》あれば尋《たず》ぬ。 また金沢《かなざわ》の北枝《ほくし》といふ《う》者《もの》、かりそめに見送《みおく》りて、この所《ところ》までしたひ《い》来《きた》る。 所々《ところどころ》の風《ふう》景過《けいすぐ》さず思《おも》ひつづけて、折節《おりふし》あはれ《わ》なる作意《さくい》など聞《きこ》ゆ。 今既《いますで》に

色は詠みつくされている。もしここに一言でも加えるならば、五本の指になお無用の指を立てるようなものである。

丸岡天龍寺の長老は、古い縁のある人なので尋ねた。金沢の北枝というものが、ちょっとそこまでというような軽い気持ちでついてきて、ここまでしたってきた。ところどころの風景を見逃さず、句のことを思いつづけて、折にふれ趣きのある発想を聞かせてくれた。今、いよいよ別れるにあたり、

215　諸説あり

別《わか》れに臨《のぞ》みて、
物書《ものか》きて扇引《おうぎひ》きさくなごりかな
五十丁山《ちょうやま》に入《い》りて永平寺《えいへいじ》を礼《らい》す。道元禅師《どうげんぜんじ》の御寺《みてら》なり。邦畿《ほうき》千里《せんり》[2]を避《さ》けて、かかる山陰《やまかげ》に跡《あと》を残《のこ》し給《たも》ふも、貴《とうと》きゆゑ《え》ありとかや。

物書きて扇引きさくなごりかな（夏の間我が掌中にあり、涼しい風を送りつづけてくれた扇も、使う必要もなくなってきた。この扇に句を書き、二つに引き裂いてそれぞれが持ち、お互いの形見としよう）
街道から五十丁山にはいり、永平寺に参詣した。道元禅師の御寺である。帝のいる都を避けて、このような山の陰に教えの跡を残されたことにも、貴い理由があるということである。

汐越《しおこし》の松を訪ねていくと、今はゴルフ場の中にあるということだ。なおも松そのものを拝見したいといえば、ゴルフ場の電動カートに乗せられた。日本海が望まれる松林の片隅に、松の太い幹が枯れて倒れている。何年か前に台風で倒れた古松が、汐越の松として伝わっているということだ。汐越の松というのは一本ではなく、蓮如の吉崎御坊の対岸にあたる浜坂の岬の汐越神社一帯の松をいうのだという説もある。

私を案内してくれたゴルフ場のキャディさんは、枯れて横たわり中が空洞になった松を前に、これは蓮如上人お手植えの松だと確信に満ちたいい方をした。

「終宵」の歌は、西行の作だと芭蕉は疑いもなく引用しているのだが、それは当時の俗伝であり、実際は蓮如の作であるとの説もある。要するに、よくわからないのである。

1 「足ニ駢スル者ハ無用ノ肉ヲ連ヌルナリ、手ニ枝スル者ハ無用ノ指ヲ樹ツルナリ」荘子（駢拇）
2 王城を中心に千里四方の地『詩経』からの言葉

このわからなさが、むしろありがたいような気さえしてくる。この一首に、この土地の美しい風景はすべて詠み込まれ、これ以上何かいうとしたら五本の指にもう一本を加えるようなものだと、芭蕉は最高の賛辞を贈っている。これ以上の賛辞はない。

金沢の俳諧師北枝は、よほど気のよいというか、人なつこい人物と思われる。曽良と別れた芭蕉がいかにも不安な様子だったのか、とうとう丸岡の天龍寺までついてきてしまった。道すがら句を考えてきて、時折よい着想も感じさせてくれたというのだが、芭蕉はどうもこの人物をもて余していたのではないかと私には思われる。しかし、世話になったのも事実であるから、邪険にすることはできない。そこで芭蕉は北枝と別れるための技巧をこらしたのである。

「物書きて扇引きさくなごりかな」

芭蕉はこの句を扇に書いて与えたのである。実際にひきさいたのではないという説があるが、天龍寺の境内にある芭蕉と北枝は、二つに引き裂かれた扇をそれぞれに持っている。ありのままに解釈するのがよいかと思う。

四十二　福井《ふくい》

福井《ふくい》は三里《り》ばかりなれば、夕飯《ゆうめし》したためて出《い》づるに、たそかれの路《みち》たどたどし。ここに等栽《とうさい》といふ古《ふる》き隠士《いんし》あり。いづ《ず》れの年《とし》にか、江戸《えど》に来《きた》りて予《よ》を尋《たず》ぬ。遥《はる》か十年《ととせ》余《あま》りなり。いかに老《お》い

風狂

福井はここから三里ばかりであるから、夕飯をすませてから出かけたのだが、黄昏《たそがれ》の道は心細かった。この土地には等栽という昔からの隠者がいる。いつの年であったか、江戸に来て私を訪ねた。遥かに十年以上も前のことだ。今ではどれほど老いさらばえているか、それとも死んでいるかと人に尋ねると、いまだ存命していてそこにいると教えてくれた。市中のひそかに引っ込んだところで、荒れさびた小家に夕顔やへちまの蔓が生えかかって、鶏頭や帚木

さらぼひ《い》てあるにや、はた死《し》にけるにやと人《ひと》に尋《たず》ね侍《はべ》れば、いまだ存命《ぞんめい》してそこ〳〵《そこ》と教《おしう》ふ。市中《しちゆう》ひそかに引《ひ》き入《い》りて、あやしの小《こ》家《いえ》に夕顔《ゆうがお》・へちまの延《は》えかかりて、鶏頭《けいとう》・帚木《ははきぎ》に戸《と》ぼそをかくす。さては、このうちにこそと門《かど》を扣《たた》けば、侘《わび》しげなる

が戸も見えないほどに隠している。さてはこの家だろうと戸を叩けば、わびしそうな女がでてきて、「どちらからお越しの道を求めている御坊様ですか。主《あるじ》は、この近くの某という者の家に出かけています。もし御用がおありなら、そちらに尋ねてください」という。等栽の妻であろうと知れた。昔の物語のような風情だなと興を催し、やがて等栽を尋ねてその家に二夜泊まり、名月を観るため敦賀の湊に旅立った。等栽もいっしょに送っていくといい、着物の裾をおかしな具合にからげて、道案内

女《おんな》の出《い》でて、「いづ《ず》くよりわたり給《たもう》ふ道心《どうしん》の御坊《ごぼう》にや。あるじは、このあたり何某《なにがし》といふ者《うもの》の方《かた》に行《ゆ》きぬ。もし用《よう》あらば尋《たず》ね給《たまえ》へ」といふ《う》。かれが妻《つま》なるべしと知《し》らる。昔物語《むかしものがたり》にこそかかる[1]風情《ふぜい》は侍《はべ》れと、やがて尋《たず》ねあひ《い》て、その家《いえ》に二夜《ふたよ》とまり

をしようと浮かれ立った。

しだいに白根が岳が見えなくなり、比那が岳があらわれてきた。浅水川に架かるあさむづの橋を渡って、歌枕の玉江の芦《あし》の穂が出ているのが目についた。歌枕の鶯の関を過ぎて、木曽義仲の古戦場の湯尾峠を越え、義仲の燧が城にでて、歌枕の帰山では古歌に詠まれたとおりに初雁の声を聞き、十四日の夕暮れに敦賀の湊に宿をとった。

1 「昔物語などにこそかかる事は聞けと、いとめづらかにむくつけけれど」（源氏物語・夕顔）

て、名月《めいげつ》は敦賀《つるが》の湊《みなと》にと旅立《たびだ》つ。等栽《とうさい》もともに送《おく》らんと、裾《すそ》をかしうからげて路《みち》の枝折《しおり》と浮《う》かれ立《た》つ。
を《お》
漸《ようよう》白根《しらね》が岳《だけ》かくれて、比那《ひな》が岳《たけ》[2]あらは《わ》る。あさむづの橋《はし》[3]をわたりて、玉江《たまえ》[4]の芦《あし》は穂《ほ》に出《い》でにけり。鶯《うぐいす》の関《せき》[5]を過《す》ぎて湯尾峠《ゆのおとうげ》[6]

2 武生市東南の日野山
3 福井市浅水町の浅水川にかかる橋
4 福井市花堂町の虚空蔵川に遺跡がある
5 南条町関ヶ鼻、熊野神社付近
6 今庄町湯尾の峠。義仲の古戦場
7 陽暦九月二十七日、中秋名月の前夜

を越《こ》ゆれば、燧《ひうち》が城《じよう》、帰山《かえるやま》に初《はつ》鴈《かり》を聞《き》きて、十四日《じゆうよつか》[7]の夕暮《ゆうぐれ》敦賀《つるが》の津《つ》に宿《やど》を求《もと》む。

芭蕉は禅に深く傾倒していたのだが、永平寺には参詣をしただけで、足をとどめなかった。門前で拝礼しただけで去っていったともされる。道元にあまりに深く帰依していたために、永平寺にはいるのはかえっておそれ多く感じたのかもしれない。
三里ばかり離れた福井へは夕食をすませて出発したとは、永平寺門前の茶店で腹ごしらえでもしたのであろうか。夕暮れになって足元もおぼつかなく、一人旅をしている芭蕉の心細さがよく描かれている。「奥の細道」の長旅の中で、芭蕉が一人で歩いたのは、実に天竜寺から福井までのこの区間だけである。ほかはすべて曽良か北枝がついていたのだ。しかも、福井であてにしているのは、十年以上も前に江戸で会ったきりの等栽という世捨て人だ。老い衰えているか、死んでしまったか、わからないのにである。

この幻想的な道行きと、「あやしの小家に夕顔・へちまの延《は》えかかりて」までの筆の運びは、まことに物語的である。「夕顔」が小道具としてでてくるとおりに、「源氏物語」の『夕顔の巻』を下敷きにしている。光源氏が五条わたりの夕顔の家を訪れる場面を踏まえ、鶏頭や帚木《ははきぎ》が入口が見えないほどに生い繁った家を訪ねるのである。世捨て人であるはずの等栽なのに、みすぼらしい女がでてきて、浮世離れしたほどのぞんざいな対応をする。あまりのみすぼらしさとぞんざいさのために、むしろ芭蕉は共感を覚える。そもそも世捨て人に女房がいるのが不自然なのではあるが、そんな違和も共感のほうが強いので、打ち消されてしまうのである。

福井での一章は、まさに物語の構成を持っていて楽しい。女房のいうとおりに訪ねていくと確かに等栽はいて、彼らの飄逸軽妙な世界に引き込まれるようにして、芭蕉はきっと粗末であるその家に二泊もしてしまうのである。どこか輪郭を崩さない芭蕉であるが、ここでは一線を踏み越えるようにして風狂の世界にはいっていくのである。

四十三　敦賀《つるが》

その夜《よ》、月殊《つきこと》に晴《は》れたり。「明《あ》日《す》の夜《よ》もかくあるべきにや」と言《い》へ《え》ば、「越路《こしじ》の習《なら》ひ《い》、なほ《お》明《めい》夜《や》の陰晴《いんせい》[1]はかりがたし」と、あるじに酒《さけ》すすめられて、気比《けい》の明神《みようじん》に夜《や》参《さん》す。仲哀天皇《ちゆうあいてんのう》の御廟《ごびよう》

酔った勢い

その夜、月がことに晴れた。「明日の夜もこのように晴れてくれるだろうか」といえば、「北陸地方のならいとして明夜が曇るか晴れるかは、予測がつきません」と主人に酒をすすめられ、気比の明神に夜参りした。仲哀天皇の御廟である。境内は神々《こうごう》しく、松の木の間に月が漏れさしている。神前の白砂がまるで霜を敷いたかのようだ。「その昔、遊行二世の上人が大願発起し、自ら草を刈り土石を担《かつ》ぎ、水溜まりやぬかるみを乾かせて、参詣往来に煩いが

なり。社頭神《しやとうかみ》さびて、松《まつ》の木《き》の間《あい》に月《つき》のもり入《い》りたる、お前《まえ》の白砂《はくさ》霜《しも》を敷《し》けるがごとし。「往昔《そのかみ》、遊行《ゆぎように》二世《せ》の上人大願発《しようにんたいがんほつ》起《き》の事《こと》ありて、みづ《ず》から草《くさ》を苅《か》り土石《どせき》を荷《にない》ひ、泥渟《でいてい》をかわかせて、参詣往来《さんけいおうらい》の煩《わずらい》なし。古例《これい》今《いま》に絶《た》えず、神前《しんぜん》に真砂《まさご》を荷《にない》ひ

なくなった。昔のそのことを今に伝える行事は絶えず、歴代遊行上人は神前に真砂をにない運ばれる。これを遊行の砂持ちと申します」と亭主は語った。

月清し遊行の持てる砂の上（月のよく照っている晩である。遊行上人が歴代にわたってにない運んだという神前の白砂の上にも月光が射し、ことに清らかに感じられる）

十五日、亭主の言葉にたがわず雨

給《たま》ふ。これを遊行《ゆぎよう》の砂持《すなもち》と申《もう》し侍《はべ》る」と亭主《ていしゆ》の語《かた》りける。
月清《つききよ》し遊行《ゆぎよう》の持《も》てる砂《すな》の上《うえ》
十五日《にち》、亭主《ていしゆ》の詞《ことば》にたがはず雨《あめ》降《ふ》る。
名月《めいげつ》や北国日和定《ほつこくびよりさだ》めなき

が降る。

名月や北国日和定めなき（中秋の名月を楽しみにきたのだったが、北国の天気は変わりやすく、月も見えない）

1 「十四日、明夜の陰晴はかりがたければ、先こよひの月を賞すべし」（貞享五年刊「日本歳時記」）

敦賀までは等栽が着物の裾を妙な具合にからげ、浮かれてついてきた。端然とした姿勢を崩すことのない芭蕉は、能でいうところのワキで、等栽はシテとなり、北陸の歌枕の地をめぐっていくのである。曽良、北枝、等栽と道連れのタイプはまったく違い、等栽といる時の芭蕉は陽気である。しかし、これも短期間だからであろう。常軌を逸した脱俗風狂の等栽と二人きりで長期間いたら、必然と芭蕉の気難しさがでたに違いない。

等栽を敦賀への月見に誘ったのは芭蕉である。等栽と別れた記述はないのだが、敦賀で何日か過ごし、種《いろ》の浜などでも清遊し、迎えにきた露通にともなわれて大垣に向かう。したがって、「奥の細道」の最後の感興に満ちた敦賀と種の浜の章は、八方破れの等栽の風狂の影響が強くあると思われる。

芭蕉は歌枕の地や名所旧跡を次次に過ぎていくのだが、そこに立ち止まることはない。浅水川に架かったあさむづの橋、玉江《たまえ》の蘆《あし》、鶯《うぐいす》の関、義仲の古戦場の湯尾峠、義仲の古戦場の燧《ひうち》が城、帰山《かえるやま》に初雁《はつかり》を聞いて、そこに立ち止まることもない。歌枕の地に深い思いを込めるむなしさを知ってしまったからであろう。前半の奥州のくだりであったなら、一つ一つに止まって感興をつづったことであろう。

その夜は月が見事に晴れ、明夜は中秋の名月である。中秋の名月は敦賀で迎えようとやってきたのだったが、宿の主人の態度はあっけない。

「越路の習ひ、なほ明夜《めいや》の陰晴はかりがたし」

北陸地方の常として、明日の名月は晴れるかどうか予想はつかないと、宿の主人はもっともなことをいう。宿の主人はこのような洒落たいいまわしをしたのかどうかわからない。芭蕉がいい直したのであろうが、ともかく主人に酒をすすめられ、元気になって気比明神に夜参した。酔った勢いで夜参りにいくとは、もちろん等栽のセンスであったろう。

四十四　種《いろ》の浜《はま》

十六日《にち》[1]、空晴《そらは》れたれば、ますほ《お》の小《こ》貝《がい》拾《ひろ》は《わ》んと種《いろ》の浜《はま》に舟《ふね》を走《はし》らす。海上《かいしよう》七里《り》あり。天屋《てんや》何《なに》某《がし》といふ《う》者《もの》、破籠《わりご》・小竹筒《ささえ》などこまやかにしたためさせ、僕《しもべ》あまた舟《ふね》にとりのせて、追風時《おいかぜとき》の

最後の清遊

十六日、空は晴れたので、西行法師が「汐染むるますほの小貝拾ふとて色の浜とはいふにやあるらん」と詠んだそのますほの小貝を拾おうとして、種の浜に舟を走らす。浜までは海上七里ある。天屋何某という者が、破籠、小竹筒などこまやかな心遣いで用意させ、召使いをたくさん乗せてでかけたところ、追風を受けてたちまち吹き着いた。

浜にはみすぼらしい漁師の小屋があり、わびしい法華寺があった。この寺で茶を飲み、酒をあたためて興

まに吹《ふ》き着《つ》きぬ。
浜《はま》はわづ《ず》かなる海士《あま》の小家《こいえ》にて、侘《わび》しき法華寺《ほつけでら》あり。ここに茶《ちゃ》を飲《の》み酒《さけ》をあたためて、夕《ゆう》ぐれのさびしさ感《かん》に堪《たえ》へたり。
寂《さび》しさや須磨《すま》に勝《か》ちたる浜《はま》の秋《あき》[2]
波《なみ》の間《ま》や小貝《こかい》にまじる萩《はぎ》の塵《ちり》

をつくしていると、夕暮れのさびしさに感動した。
寂しさや須磨に勝ちたる浜の秋（夕暮れの浜のこの寂しさは、「源氏物語」の須磨の秋のさびしさよりも、なおさびしくて趣きがある）
波の間や小貝にまじる萩の塵（浜に打ち寄せる波が引くと、西行法師が歌に詠んだますほの小貝があり、そこには萩の花屑もまじっている）

その日《ひ》のあらまし等栽《とうさい》に筆《ふで》をとらせて寺《てら》に残《のこ》す。

その日の清遊のあらましを等栽に筆をとらせて書かせ、寺に残した。

1　陽暦九月二十九日
2　「またなくあはれなるものは、かかる所の秋なりけり」（源氏物語・須磨）

芭蕉の躁状態はまだつづく。

曽良は敦賀の廻船問屋天屋五郎右衛門、俳号玄流に手紙をしたため、芭蕉が「奥の細道」の旅でおそらく最後の清遊になる種の浜へ船を出し、なおかつ酒や食事の支度を頼んでおいた。曽良自身も種の浜に船でいき、本隆寺に宿泊している。見るべきものはきちんと見ているのである。「腹を病みて」とあるのだが、曽良の病いの実態はどの程度であったのかと、疑いたくもなってくる。

種の浜での芭蕉は、いかにも楽しそうだ。充分な酒と食料があり、召使いを大勢舟に乗せ、わびさびとはかけ離れた豪華な舟遊びだったようである。しかも風に煽られてたちまち種の浜に着いてしまう。そこで酒を温めて飲み、貝殻拾いなどをして遊んでいる時も、等栽が全体の色調を剽軽《ひょうきん》につくっていたのではないかと思われる。

苦行ともいうべき旅をつづけてきた芭蕉も、その場の空気に身をまかせるようにして楽しんだのだろう。燗酒を飲んで快楽に身をひたしているだけでは、風狂の人とはいえない。そこではっと気がつくようにして、秋の夕暮れの寂しさの趣きに目を向けるのだ。芭蕉はかろうじて我を取り戻しているともいえる。

「寂しさや須磨《すま》に勝ちたる浜の秋」は、まだ酔いが醒めないうちにこしらえた句という気がする。「源氏物語」の須磨の秋景色は淋しさの極致とされてきたが、それよりも淋しいのがこの種の浜の夕暮れだというのである。燗酒に酔った頭で一瞬気がついたという風情である。この福井と敦賀と種の浜の章が、「源氏物語」ではじまって終わったということなのであるが、終わり方が唐突であるという感はいなめない。

この日の遊興のあらましを等栽に書かせ、本隆寺に残したということである。その文は今もその寺に残っているということだ。

四十五　大垣《おおがき》

露通《ろつう》もこの湊《みなと》まで出《い》でむかひて、美濃《みの》の国《くに》へと伴《ともな》ふ。駒《こま》にたすけられて大垣《おおがき》の庄《しよう》に入《い》れば、曽良《そら》も伊勢《いせ》より来《きた》り合《あ》ひ、越人《えつじん》も馬《うま》をとばせて如行《じよこう》が家《いえ》に入《い》り集《あつま》る。前川子《ぜんせんし》・荊口父子《けいこうふし》、その

遺言

露通もこの敦賀の湊まで出迎えにきて、美濃の国へと同行した。馬に助けられて大垣の庄にはいると、曽良も伊勢からやってきて、越人も馬をとばして駆けつけ、如行の家にみなが集まった。前川子、荊口父子や、そのほか親しい人々が日夜に訪ねてきて、あの世から蘇生した者に会うかのように、かつ喜びあい、かついたわりあった。

旅の憂鬱さもまだなくなっていないのに、長月（九月）六日になったので、伊勢の遷宮を拝もうと、また

ほか親《した》しき人々《ひとびと》日夜《にちや》訪《とむら》ひて、蘇《そ》生《せい》の者《もの》に会《あ》ふがごとく、且《か》つ悦《よろこ》び且《か》ついたは《わ》る。
旅《たび》のもの憂《う》さもいまだやまざるに、長月六日《ながつきむいか》[1]になれば、伊勢《いせ》の遷宮拝《せんぐうおが》まんと、又舟《またふね》にのりて、
蛤《はまぐり》のふたみにわかれ行《ゆ》く秋《あき》ぞ

舟に乗って、
蛤のふたみにわかれ行く秋ぞ（蛤が別れがたいのにふたと身に別れるように、尽くせぬ思いとともに親しい人々と別れ、二見が浦へと新しい旅をする秋である）

1　陽暦十月十八日

元禄二（一六八九）年九月六日に美濃の大垣から舟で伊勢の遷宮を参詣にいく、百五十六日間の紀行の記述をもって、「奥の細道」の旅は終わる。大垣では多数の門人の出迎えを受け、芭蕉の旅は円成《えんじょう》する。

大垣は「野ざらし紀行」の生まれた土地である。芭蕉は桑名、熱田、名古屋を訪れて尾張蕉門を成立させ、「笈《おい》の小文《こぶみ》」で再度大垣を訪れている。「笈の小文」の門出に「旅人とわが名呼ばれん初時雨」がある。「野ざらし紀行」は四十一歳、「笈の小文」は四十四歳の吟である。この四十一歳以降に芭蕉は旅を重ねるのであるが、その旅の目的には俳諧師としての実利的な目的があった。各地で俳諧行脚して収入を得て、各地に蕉門の弟子たちの集まりを獲得する。もちろん旅の目的はそれだけではなく、読書体験によって知った日本の自然美を、実際の風土の中に探ろうとして俳諧を実践したのである。

しかし、芭蕉の旅の意味は少しずつ変わっていった。その転機は「笈の小文」の「旅人とわが名呼ばれん初時雨」あたりからはじまったのだと、私には思える。旅は実利のためではなく、人生を懸けてするべきものなのである。乞食行脚《こつじきあんぎゃ》の旅とは、金銭のためなどではなく、もちろん勢力拡大のためなどではない。

紹介状なども用意していなかったわけではないにせよ、「奥の細道」の芭蕉の旅は、名の通った俳諧師としての安定した地位にしがみつかず、声望など俗世の価値の一切を放下して、まさに世捨て人として風雅の世界に生きようとしたのだ。その決意のもとにおこなわれたのが、「奥の細道」の長旅だったのである。

「片雲《へんうん》の風にさそはれて漂泊の思ひやまず」の思いこそが、地位や声望にとらわれない本来の俳諧師の生き方ではないか。そのような生き方を実践することが、「奥の細道」の乞食行脚の旅であり、人も訪れないうち捨てられた歌枕の地を訪ねて、古人の詩魂を見い出し、できるなら邂逅《かいこう》したい。そのような思いの旅であるからこそ、芭蕉は詩の巡礼者といえる。

芭蕉は「奥の細道」の旅に出立した五年後の元禄七（一六九四）年に、五十一歳で没する。最後のその年に故郷の伊賀上野から上方に旅をし、大坂御堂筋の花屋仁左衛門方で没するのだが、「奥の細道」はその最後の旅に発足するまで推敲に推敲が重ねられた。世評を得るために刊行されたものではない。生涯何かと援助を与えてくれた郷里伊賀上野の家兄松尾半左衛門に慰みとして故郷に残し置くため贈ったものである。

「奥の細道」は刊行されなかった。いわば肉親への形見として書き置かれたものであるから、芭蕉の遺言といってよいかと私には思われる。

あとがき

「奥の細道」の旅から芭蕉が大垣に戻ってくるということは、先行していた曽良によって知らされていたから、知人や友人や門人たちに芭蕉は賑やかに迎えられたことである。こうして奥州への一面では悲愴な旅を終えた芭蕉は、娑婆《しやば》世界への黄泉《よみ》がえりを果たした。やがて病気の癒えた曽良も、伊勢からやってくる。奥州へはいろうとする時の畏怖《いふ》の感情は、すでに芭蕉にはない。

もちろん気が緩《ゆる》んでここで終わっているのではない。芭蕉は次の旅への闘志を燃やしている。長旅の疲れを癒やす暇もなく、伊勢へ二見が浦へと旅立っていこうとするのである。まさに永遠の旅人であることを、芭蕉は自ら宣言しているのだ。

伊勢に至った芭蕉は、神宮を参拝してから、故郷の伊賀上野に帰る。晩年になって死を感じると、故郷のことがしのばれるものである。奈良、京都、大津にいき、翌年再び伊賀上野にいく。「奥の細道」の長旅の疲れは、帰った翌年頃からではじめ、芭蕉は健康の衰えを覚えてきたようである。とみに衰えを見せはじめても、京都や江戸への旅をつづけ、とうとう旅先の大坂で没する。

こうして芭蕉自身の空間移動の旅は終わらなければならなかったのだが、まさに芭蕉が「月日は百代《はくたい》の過客《かかく》にして」と予言した時間への旅が、そこからはじまったと私には思える。時はすさまじい速度で流れ去っていき、芭蕉が「奥の細道」の旅に発足してから三百年以上たったのだが、まったく色褪《いろあ》せることなく芭蕉の言葉は今も私たちの前にある。芭蕉の身体は亡びたが、芭蕉の魂である言葉は今も時間の中を旅していて、なお永劫《えいごう》の未来へ向かって旅をやめようとはしないのである。

●参考文献

板坂元・白石悌三校注・現代語訳『おくのほそ道』講談社文庫、講談社、一九七五年
久富哲雄『おくのほそ道』全訳注　講談社学術文庫、講談社、一九八〇年
穎原退蔵・尾形仂=訳注『新訂おくのほそ道』角川文庫、一九六七年
杉浦正一郎校註『おくのほそ道　附　曾良随行日記』岩波文庫、岩波書店、一九七〇年
上野洋三・櫻井武次郎校注『芭蕉自筆　奥の細道』岩波書店、一九九七年
大久保道舟編『道元禪師全集』上巻　下巻　筑摩書房、一九六九年
早島鏡正『歎異抄を読む』講談社、一九八六年

本書は二〇〇四年一月に小社より刊行されました。

|著者|立松和平　1947年栃木県生まれ。早稲田大学政経学部卒業。在学中に「自転車」で第1回早稲田文学新人賞を受賞。卒業後、さまざまな職業を経験したあと、故郷の宇都宮市役所に勤務。'79年から文筆活動に専念する。'80年「遠雷」で第2回野間文芸新人賞、'93年「卵洗い」で第8回坪田譲治文学賞、'97年「毒―風聞・田中正造」で第51回毎日出版文化賞を受賞。'86年にはアジア・アフリカ作家会議の「85年度若い作家のためのロータス賞」も受賞している。他の著書に『浅間』『日高』『猫月夜』『木喰』『下の公園で寝ています』『道元』『軍曹かく戦わず』など。2010年2月逝去。

すらすら読《よ》める奥《おく》の細道《ほそみち》
立松和平《たてまつわへい》
© Michie Yokomatsu 2023
2023年2月15日第1刷発行
発行者――鈴木章一
発行所――株式会社　講談社
東京都文京区音羽2-12-21　〒112-8001
電話　出版　(03) 5395-3510
販売　(03) 5395-5817
業務　(03) 5395-3615
Printed in Japan

講談社文庫
定価はカバーに表示してあります

KODANSHA

デザイン―菊地信義
本文データ制作―講談社デジタル製作
印刷―――株式会社KPSプロダクツ
製本―――株式会社国宝社

落丁本・乱丁本は購入書店名を明記のうえ、小社業務あてにお送りください。送料は小社負担にてお取替えします。なお、この本の内容についてのお問い合わせは講談社文庫あてにお願いいたします。
本書のコピー、スキャン、デジタル化等の無断複製は著作権法上での例外を除き禁じられています。本書を代行業者等の第三者に依頼してスキャンやデジタル化することはたとえ個人や家庭内の利用でも著作権法違反です。

ISBN978-4-06-530388-7

講談社文庫刊行の辞

二十一世紀の到来を目睫に望みながら、われわれはいま、人類史上かつて例を見ない巨大な転換期をむかえようとしている。

世界も、日本も、激動の予兆に対する期待とおののきを内に蔵して、未知の時代に歩み入ろうとしている。このときにあたり、創業の人野間清治の「ナショナル・エデュケイター」への志を現代に甦らせようと意図して、われわれはここに古今の文芸作品はいうまでもなく、ひろく人文・社会・自然の諸科学から東西の名著を網羅する、新しい綜合文庫の発刊を決意した。

激動の転換期はまた断絶の時代である。われわれは戦後二十五年間の出版文化のありかたへの深い反省をこめて、この断絶の時代にあえて人間的な持続を求めようとする。いたずらに浮薄な商業主義のあだ花を追い求めることなく、長期にわたって良書に生命をあたえようとつとめるところにしか、今後の出版文化の真の繁栄はあり得ないと信じるからである。

同時にわれわれはこの綜合文庫の刊行を通じて、人文・社会・自然の諸科学が、結局人間の学にほかならないことを立証しようと願っている。かつて知識とは、「汝自身を知る」ことにつきていた。現代社会の瑣末な情報の氾濫のなかから、力強い知識の源泉を掘り起し、技術文明のただなかに、生きた人間の姿を復活させること。それこそわれわれの切なる希求である。

われわれは権威に盲従せず、俗流に媚びることなく、渾然一体となって日本の「草の根」をかたちづくる若く新しい世代の人々に、心をこめてこの新しい綜合文庫をおくり届けたい。それは知識の泉であるとともに感受性のふるさとであり、もっとも有機的に組織され、社会に開かれた万人のための大学をめざしている。大方の支援と協力を衷心より切望してやまない。

一九七一年七月

野間省一

講談社文庫 最新刊

中山七里
復讐の協奏曲《コンチェルト》
悪辣弁護士・御子柴礼司《みこしばれいじ》の事務所事務員が殺人容疑で逮捕された。御子柴の手腕が冴《さ》える！

伊坂幸太郎
モダンタイムス(上)(下)〈新装版〉
『魔王』から50年後の世界。検索から、監視が始まる。１２０万部突破の傑作が新装版に。

西尾維新
悲惨伝
四国《しこく》を巡る地球撲滅軍・空々空《そらからくう》は、ついに生存者と出会う！〈伝説シリーズ〉第三巻。

篠原悠希
霊獣紀
〈蛟龍《こうりゅう》の書(下)〉
諸族融和を目指す大秦天王苻堅《ふけん》と彼に寄り添う守護獣・翠鱗《すいりん》を描く傑作中華ファンタジー。

瀬戸内寂聴
すらすら読める源氏物語(中)
悲劇のクライマックスを原文と寂聴名訳で味わえる。中巻は「若菜《わかな》 上」から「雲隠《くもがくれ》」まで。

立松和平
すらすら読める奥の細道
日常にしばられる多くの人が憧れた芭蕉集大成の俳諧の旅。名解説と原文対訳で味わう。

堀川アサコ
メゲるときも、すこやかなるときも
新型コロナの緊急事態宣言下、世界一誠実な夫が失踪!?　普通の暮らしが愛《いと》おしくなる小説。

講談社文庫 最新刊

横山光輝
山岡荘八・原作
漫画版 徳川家康2
竹千代は織田家から今川家の人質に。元服して今川義元の姪《めい》と結婚、元康と改名する。

横山光輝
山岡荘八・原作
漫画版 徳川家康3
桶狭間で義元が戦死、元康は岡崎城主に。織田と同盟し姉川の戦いを経て武田信玄に向かう。

夏原エキジ
Cocoon《コクーン》〈京都・不死篇4—嗄《か》—〉
同志への愛ゆえ一時生き鬼となった瑠璃《るり》はひとり黄泉《よみ》を行く。人気シリーズ新章第四弾！

三國青葉
福猫屋〈お佐和のねこかし〉
新商売「猫茶屋」が江戸で大繁盛。猫好きにはたまらない書下ろし・あったか時代小説！

法月綸太郎
雪密室〈新装版〉
雪の上に足跡ひとつ残さず消えた犯人。雪と鍵、二重の密室トリックに法月親子が挑む！

講談社タイガ

稲葉なおと
ホシノカケラ
伝説のヴォーカル・香田起伸《こうだきしん》。その初めてのソロライブを創りあげるために戦う男たち。

城平京
虚構推理短編集〈岩永琴子の密室〉
黒いベールを纏う老女。政財界で栄華を極めた彼女の過去には秘密の〝密室〟殺人があった。

なみあと
占い師オリハシの嘘2〈偽りの罪状〉
占い師オリハシに廃業の危機!?　〝超常現象《オカルト》〟を人知で解き明かす禁断のミステリー第2巻！

講談社文芸文庫

フローベール　蓮實重彦 訳
三つの物語／十一月
生前発表した最後の作品集「三つの物語」と、若き日の恋愛を描き『感情教育』の母胎となった「十一月」。『ボヴァリー夫人』と並び称される名作を第一人者の訳で。
解説＝蓮實重彦
フＤ１
978-4-06-529421-5

小島信夫
各務原・名古屋・国立
妻が患う認知症が老作家にもたらす困惑と生活の困難。生涯追い求めた文学表現探求の試みに妻との混乱した対話が重ね合わされ、より複雑な様相を呈する――。
解説＝高橋源一郎　年譜＝柿谷浩一
こＡ11
978-4-06-530041-1

講談社文庫　目録

芥川龍之介　藪の中
有吉佐和子　新装版 和宮様御留
阿刀田　高　ナポレオン狂
阿刀田　高　新装版 ブラック・ジョーク大全
安房直子　春の窓〈安房直子ファンタジー〉
相沢忠洋　「岩宿」の発見〈幻の旧石器を求めて〉
赤川次郎　偶像崇拝殺人事件
赤川次郎　人間消失殺人事件
赤川次郎　三姉妹探偵団
赤川次郎　三姉妹探偵団2〈キャンパス篇〉
赤川次郎　三姉妹探偵団3〈珠美・初恋篇〉
赤川次郎　三姉妹探偵団4〈怪奇篇〉
赤川次郎　三姉妹探偵団5〈復讐篇〉
赤川次郎　三姉妹探偵団6〈危機一髪篇〉
赤川次郎　三姉妹探偵団7〈駆け落ち篇〉
赤川次郎　三姉妹探偵団8〈人質篇〉
赤川次郎　三姉妹探偵団9〈青ひげ篇〉
赤川次郎　三姉妹探偵団10〈父恋し篇〉
赤川次郎　死が小径をやってくる〈三姉妹探偵団11〉

赤川次郎　死神のお気に入り〈三姉妹探偵団12〉
赤川次郎　次女と野獣〈三姉妹探偵団13〉
赤川次郎　心地よい悪夢〈三姉妹探偵団14〉
赤川次郎　ふるえて眠れ、三姉妹〈三姉妹探偵団15〉
赤川次郎　三姉妹、呪いの道行〈三姉妹探偵団16〉
赤川次郎　三姉妹、初めてのおつかい〈三姉妹探偵団17〉
赤川次郎　恋の花咲く三姉妹〈三姉妹探偵団18〉
赤川次郎　月もおぼろに三姉妹〈三姉妹探偵団19〉
赤川次郎　三姉妹、ふしぎな旅日記〈三姉妹探偵団20〉
赤川次郎　三姉妹、清く貧しく美しく〈三姉妹探偵団21〉
赤川次郎　三姉妹と忘れじの面影〈三姉妹探偵団22〉
赤川次郎　三姉妹、舞踏会への招待〈三姉妹探偵団23〉
赤川次郎　三人姉妹殺人事件〈三姉妹探偵団24〉
赤川次郎　三姉妹、さびしい入江の歌〈三姉妹探偵団25〉
赤川次郎　三姉妹、恋と罪の峡谷〈三姉妹探偵団26〉
赤川次郎　静かな町の夕暮に
赤川次郎　キネマの天使〈レンズの奥の殺人者〉
新井素子　グリーン・レクイエム〈新装版〉
安能務 訳　封神演義 全三冊

安西水丸　東京美女散歩
綾辻行人　殺人方程式〈切断された死体の問題〉
綾辻行人　鳴風荘事件 殺人方程式II
綾辻行人　十角館の殺人〈新装改訂版〉
綾辻行人　水車館の殺人〈新装改訂版〉
綾辻行人　迷路館の殺人〈新装改訂版〉
綾辻行人　人形館の殺人〈新装改訂版〉
綾辻行人　時計館の殺人〈新装改訂版〉
綾辻行人　黒猫館の殺人〈新装改訂版〉
綾辻行人　暗黒館の殺人 全四冊
綾辻行人　びっくり館の殺人
綾辻行人　奇面館の殺人(上)(下)
綾辻行人　どんどん橋、落ちた〈新装改訂版〉
綾辻行人　緋色の囁き〈新装改訂版〉
綾辻行人　暗闇の囁き〈新装改訂版〉
綾辻行人　黄昏の囁き〈新装改訂版〉
綾辻行人　人間じゃない〈完全版〉
綾辻行人ほか　7人の名探偵
我孫子武丸　探偵映画

我孫子武丸 新装版8の殺人
我孫子武丸 眠り姫とバンパイア
我孫子武丸 狼と兎のゲーム
我孫子武丸 新装版殺戮にいたる病
有栖川有栖 ロシア紅茶の謎
有栖川有栖 スウェーデン館の謎
有栖川有栖 ブラジル蝶の謎
有栖川有栖 英国庭園の謎
有栖川有栖 ペルシャ猫の謎
有栖川有栖 幻想運河
有栖川有栖 マレー鉄道の謎
有栖川有栖 スイス時計の謎
有栖川有栖 モロッコ水晶の謎
有栖川有栖 インド倶楽部の謎
有栖川有栖 カナダ金貨の謎
有栖川有栖 新装版マジックミラー
有栖川有栖 新装版46番目の密室
有栖川有栖 虹果て村の秘密
有栖川有栖 闇の喇《らっ》叭《ぱ》
有栖川有栖 真夜中の探偵
有栖川有栖 論理爆弾
有栖川有栖 名探偵傑作短篇集 火村英生篇
浅田次郎 勇気凛凛ルリの色
浅田次郎 霞町物語
浅田次郎 ひとは情熱がなければ生きていけない〈勇気凛凛ルリの色〉
浅田次郎 シェエラザード(上)(下)
浅田次郎 歩兵の本領
浅田次郎 蒼穹の昴 全四巻
浅田次郎 珍妃の井戸
浅田次郎 中原の虹 全四巻
浅田次郎 マンチュリアン・リポート
浅田次郎 天《てん》子《し》蒙《もう》塵《じん》 全四巻
浅田次郎 天国までの百マイル
浅田次郎 地《メ》下《ト》鉄《ロ》に乗って〈新装版〉
浅田次郎 おもかげ
浅田次郎 日輪の遺産〈新装版〉
青木玉 小石川の家
天樹征丸 画・さとうふみや 金田一少年の事件簿 小説版〈オペラ座館・新たなる殺人〉
天樹征丸 画・さとうふみや 金田一少年の事件簿 小説版〈雷祭《いかずちまつり》殺人事件〉
阿部和重 アメリカの夜
阿部和重 グランド・フィナーレ
阿部和重 ABC〈阿部和重初期作品集〉
阿部和重 ミステリアスセッティング
阿部和重 IP/NN 阿部和重傑作集
阿部和重 シンセミア(上)(下)
阿部和重 ピストルズ(上)(下)
甘糟りり子 産む、産まない、産めない
甘糟りり子 産まなくても、産めなくても
赤井三尋 翳《かげ》りゆく夏
あさのあつこ NO.6〔ナンバーシックス〕#1
あさのあつこ NO.6〔ナンバーシックス〕#2
あさのあつこ NO.6〔ナンバーシックス〕#3
あさのあつこ NO.6〔ナンバーシックス〕#4
あさのあつこ NO.6〔ナンバーシックス〕#5
あさのあつこ NO.6〔ナンバーシックス〕#6
あさのあつこ NO.6〔ナンバーシックス〕#7
あさのあつこ NO.6〔ナンバーシックス〕#8

講談社文庫　目録

五木寛之　燃える秋
五木寛之　真夜中の望遠鏡〈流されゆく日々'78〉
五木寛之　ナホトカ青春航路〈流されゆく日々'79〉
五木寛之　旅の幻燈
五木寛之　他力
五木寛之　こころの天気図
五木寛之　新装版 恋歌
五木寛之　百寺巡礼 第一巻 奈良
五木寛之　百寺巡礼 第二巻 北陸
五木寛之　百寺巡礼 第三巻 京都I
五木寛之　百寺巡礼 第四巻 滋賀・東海
五木寛之　百寺巡礼 第五巻 関東・信州
五木寛之　百寺巡礼 第六巻 関西
五木寛之　百寺巡礼 第七巻 東北
五木寛之　百寺巡礼 第八巻 山陰・山陽
五木寛之　百寺巡礼 第九巻 京都II
五木寛之　百寺巡礼 第十巻 四国・九州
五木寛之　海外版 百寺巡礼 インド1
五木寛之　海外版 百寺巡礼 インド2

五木寛之　海外版 百寺巡礼 朝鮮半島
五木寛之　海外版 百寺巡礼 中国
五木寛之　海外版 百寺巡礼 ブータン
五木寛之　海外版 百寺巡礼 日本・アメリカ
五木寛之　青春の門 第七部 挑戦篇
五木寛之　青春の門 第八部 風雲篇
五木寛之　青春の門 第九部 漂流篇
五木寛之　親鸞 青春篇 (上)(下)
五木寛之　親鸞 激動篇 (上)(下)
五木寛之　親鸞 完結篇 (上)(下)
五木寛之　五木寛之の金沢さんぽ
五木寛之　海を見ていたジョニー 新装版
井上ひさし　モッキンポット師の後始末
井上ひさし　ナイン
井上ひさし　四千万歩の男 全五冊
井上ひさし　四千万歩の男 忠敬の生き方
井上ひさし・司馬遼太郎　新装版 国家・宗教・日本人
池波正太郎　私の歳月
池波正太郎　よい匂いのする一夜

池波正太郎　梅安料理ごよみ
池波正太郎　わが家の夕めし
池波正太郎　新装版 緑のオリンピア
池波正太郎　新装版 殺しの四人〈仕掛人 藤枝梅安(一)〉
池波正太郎　新装版 梅安蟻地獄〈仕掛人 藤枝梅安(二)〉
池波正太郎　新装版 梅安最合傘〈仕掛人 藤枝梅安(三)〉
池波正太郎　新装版 梅安針供養〈仕掛人 藤枝梅安(四)〉
池波正太郎　新装版 梅安乱れ雲〈仕掛人 藤枝梅安(五)〉
池波正太郎　新装版 梅安影法師〈仕掛人 藤枝梅安(六)〉
池波正太郎　新装版 梅安冬時雨〈仕掛人 藤枝梅安(七)〉
池波正太郎　新装版 忍びの女 (上)(下)
池波正太郎　新装版 殺しの掟
池波正太郎　新装版 抜討ち半九郎
池波正太郎　新装版 娼婦の眼
池波正太郎　近藤勇白書〈レジェンド歴史時代小説〉(上)(下)
井上靖　楊貴妃伝
石牟礼道子　新装版 苦《く》海《がい》浄《じょう》土《ど》〈わが水俣病〉
いわさきちひろ　ちひろのことば
いわさきちひろ・松本猛　いわさきちひろの絵と心

いわさきちひろ 絵本美術館編 ちひろ・子どもの情景〈文庫ギャラリー〉
いわさきちひろ 絵本美術館編 ちひろ・紫のメッセージ〈文庫ギャラリー〉
いわさきちひろ 絵本美術館編 ちひろの花ことば〈文庫ギャラリー〉
いわさきちひろ 絵本美術館編 ちひろのアンデルセン〈文庫ギャラリー〉
いわさきちひろ 絵本美術館編 ちひろ・平和への願い〈文庫ギャラリー〉
石野径一郎 新装版 ひめゆりの塔
今西錦司 生物の世界
井沢元彦 義経幻殺録
井沢元彦 光と影の武蔵〈切支丹秘録〉
井沢元彦 新装版 猿丸幻視行
伊集院 静 乳房
伊集院 静 遠い昨日
伊集院 静 夢は枯野を〈競輪躁鬱旅行〉
伊集院 静 野球で学んだこと ヒデキ君に教わったこと
伊集院 静 峠の声
伊集院 静 白秋
伊集院 静 潮流
伊集院 静 冬の蜻蛉《とんぼ》
伊集院 静 オルゴール
伊集院 静 昨日スケッチ
伊集院 静 あづま橋
伊集院 静 ぼくのボールが君に届けば
伊集院 静 駅までの道をおしえて
伊集院 静 受け月
伊集院 静 坂の上のμ〈野球小説アンソロジー〉
伊集院 静 ねむりねこ
伊集院 静 新装版 三年坂
伊集院 静 お父やんとオジさん(上)(下)
伊集院 静 ノボさん〈小説 正岡子規と夏目漱石〉(上)(下)
伊集院 静 機関車先生〈新装版〉
いとうせいこう 我々の恋愛
いとうせいこう 「国境なき医師団」を見に行く
井上夢人 ダレカガナカニイル…
井上夢人 プラスティック
井上夢人 オルファクトグラム(上)(下)
井上夢人 もつれっぱなし
井上夢人 あわせ鏡に飛び込んで
井上夢人 魔法使いの弟子たち(上)(下)
井上夢人 ラバー・ソウル
池井戸 潤 果つる底なき
池井戸 潤 架空通貨
池井戸 潤 銀行狐
池井戸 潤 仇敵
池井戸 潤 BT'63(上)(下)
池井戸 潤 空飛ぶタイヤ(上)(下)
池井戸 潤 鉄の骨
池井戸 潤 新装版 銀行総務特命
池井戸 潤 新装版 不祥事
池井戸 潤 ルーズヴェルト・ゲーム
池井戸 潤 半沢直樹 1〈オレたちバブル入行組〉
池井戸 潤 半沢直樹 2〈オレたち花のバブル組〉
池井戸 潤 半沢直樹 3〈ロスジェネの逆襲〉
池井戸 潤 半沢直樹 4〈銀翼のイカロス〉
池井戸 潤 花咲舞が黙ってない〈新装増補版〉
池井戸 潤 ノーサイド・ゲーム
石田衣良 LAST[ラスト]
石田衣良 東京DOLL

講談社文庫　目録

石田衣良　てのひらの迷路
石田衣良　40《フォーティ》　翼ふたたび
石田衣良　s e x
石田衣良　逆《さか》島《しま》断《たつ》雄《お》〈進駐官養成高校の決闘編1〉
石田衣良　逆島断雄〈進駐官養成高校の決闘編2〉
石田衣良　逆島断雄〈本土最終防衛決戦編1〉
石田衣良　逆島断雄〈本土最終防衛決戦編2〉
石田衣良　初めて彼を買った日
井上荒野　ひどい感じ―父・井上光晴
稲葉　稔　椋鳥の影〈八丁堀手控え帖〉
伊坂幸太郎　チルドレン
伊坂幸太郎　魔王
伊坂幸太郎　モダンタイムス(上)(下)
伊坂幸太郎　P K
伊坂幸太郎　サブマリン
絲山秋子　袋小路の男
石黒　耀　死都日本
石黒　耀　忠臣蔵異聞〈家老 大野九郎兵衛の長い仇討ち〉
犬飼六岐　筋違い半介

犬飼六岐　吉岡清三郎貸腕帳
石川大我　ボクの彼氏はどこにいる？
石松宏章　マジでガチなボランティア
伊東　潤　国を蹴った男
伊東　潤　峠越え
伊東　潤　黎明に起《た》つ
伊東　潤　池田屋乱刃
石飛幸三　「平穏死」のすすめ〈口から食べられなくなったらどうしますか〉
伊藤理佐　女のはしょり道
伊藤理佐　また！　女のはしょり道
伊藤理佐　みたび！　女のはしょり道
石黒正数　外《げ》天《てん》楼《ろう》
伊与原　新　ルカの方《はこ》舟《ぶね》
伊与原　新　コンタミ　科学汚染
稲葉圭《よし》昭《あき》　恥さらし〈北海道警 悪徳刑事の告白〉
稲葉博《ひろ》一《いち》　忍者烈伝
稲葉博一　忍者烈伝ノ続
稲葉博一　忍者烈伝ノ乱〈天之巻〉〈地之巻〉
伊岡　瞬　桜の花が散る前に

石川智健　エウレカの確率〈経済学捜査と殺人の効用〉
石川智健　60《ロクジュウ》〈誤判対策室〉
石川智健　20《ニジュウ》〈誤判対策室〉
石川智健　第三者隠蔽機関
石川智健　いたずらにモテる刑事の捜査報告書
井上真《ま》偽《ぎ》　その可能性はすでに考えた
井上真偽　聖女の毒杯〈その可能性はすでに考えた〉
井上真偽　恋と禁忌の述語論理《プレディケット》
泉　ゆたか　お師匠さま、整いました！
泉　ゆたか　お江戸けもの医　毛玉堂
泉　ゆたか　玉《たま》の輿《こし》猫〈お江戸けもの医　毛玉堂〉
伊兼源太郎　地検のS
伊兼源太郎　Sが泣いた日〈地検のS〉
伊兼源太郎　Sの幕引き〈地検のS〉
伊兼源太郎　巨悪
伊兼源太郎　金庫番の娘
逸木　裕　電気じかけのクジラは歌う
今村翔吾　イクサガミ　天
入月英一　信長と征《ゆ》く　1・2〈転生商人の天下取り〉

講談社文庫　目録

2022年12月15日現在